AF131774

Enfance volée

La vie d'une enfant de la DDASS

Première parution en avril 2006 sous le nom de *Enfance volée*, aux Éditions du Havre de Grâce.

Karole G.

Enfance volée

La vie d'une enfant de la DDASS

Autobiographie

Sommaire

Note : Des prénoms ont été modifiés pour respecter l'anonymat des personnes citées.

Préface

Ceci est le message d'une enfant abandonnée par ses parents et séparée de ses quatre sœurs, d'une enfant privée de tout ce qui est très important pour qu'un être humain devienne stable et équilibré : la famille, la tendresse, l'affection, la protection de son quotidien (hygiène, nourriture, soins…).

Ceci concerne tous les enfants, abandonnés ou arrachés de force à leur famille, sans contrôle, sans recherche au niveau de la famille proche, ensuite placés dans des familles dites « d'accueil », apparemment honnêtes mais bien souvent sans amour à donner, sans scrupules, plutôt intéressées par l'argent que ceux-ci leur rapportent. Un argent qui leur permet d'acheter des appartements, des maisons ou encore des voitures, etc.

Pensons aussi aux enfants maltraités, qu'ils soient battus, violés, affamés, ou malades, qu'on ne connaît pas et qu'on oublie.

En leur nom, je demande :

Laissons s'ouvrir les Villages Familles.

Réunissons frères et sœurs ensemble, soit avec une mère d'adoption ou leur propre parent même s'il est en difficulté, qu'il existe une aide à la mère ou au père avec son accord, afin de reconstituer la famille, de se retrouver et de se responsabiliser. Incluons également les foyers d'accueil en les transformant ou en les incorporant aux Villages Familles. Ceci dans un environnement social très performant, qualifié et surtout humain. Ce changement souhaitable de la protection de l'enfance serait non seulement plus bénéfique à l'enfant qui serait protégé et aimé, mais aussi bien moins onéreux pour l'état.

Quel bonheur ce serait pour ces enfants que de pouvoir vivre en toute sécurité avec une famille dans un contexte sain, affectueux, protecteur !

Présentation de ma famille

Quand ma mère rencontra mon père, qui effectuait ce jour-là la traversée des piétons, car policier de profession, ce fut le coup de foudre. Dès cet instant débuta leur liaison.

Ma mère, alors âgée de vingt-quatre ans, sans aucun diplôme scolaire et sans emploi, vivait à la charge de ses parents ; père et mère travailleurs, élevant le mieux possible leurs enfants, en essayant de répondre à leurs besoins.

Mon père, âgé de quarante-deux ans, policier au Havre, était marié et déjà père de six enfants.

Ils se voyaient en cachette et de cette liaison, qui dura trois années, naquirent trois filles : Sandrine en 1966, Karine en 1968 et Carole, moi-même, en 1969.

Nous avons eues, toutes les trois, une enfance et une adolescence sans amour, sans repère, sans famille, ni explication d'aucune nature, séparées dès notre naissance, jusqu'à nos retrouvailles vingt-cinq ans après.

Sandrine, l'aînée, fut dès sa naissance abandonnée à l'hôpital. Heureusement pour elle, ma grand-mère maternelle l'accueillit sous son toit, sous l'égide de la DDASS, jusqu'à ses quatorze ans, âge où ma sœur perdit notre grand-mère. Elle souffrit énormément de ce décès. Notre grand-mère lui avait donné beaucoup d'amour, de tendresse et une certaine stabilité.

Elle fut replacée ensuite par la DDASS chez ma mère (malgré ses abandons répétés), qui à cette époque, en 1980, vivait avec Jacques, un deuxième homme, qui possédait en tout et pour tout une caravane. Ma mère ne voulait pas garder Sandrine, elle la rejeta et la rapporta comme un vulgaire objet à la DDASS, qui la plaça en foyer d'accueil de quinze à dix-sept ans. Elle y fut plus en sécurité, tant sur le plan moral que sur le plan affectif.

Vers l'âge de dix-sept ans, elle rencontra un garçon, ils vécurent ensemble pendant trois ans, puis il partit. Elle se retrouva sans travail et sans logement et se réfugia chez sa cousine qui l'hébergea pendant six mois. Refusant d'être assistée, elle trouva par le biais de la mairie un petit studio et un emploi de femme de ménage.

A vingt-et-un ans, elle rencontra l'homme avec lequel elle a eu une fille.

Karine, la cadette, fut, elle aussi, abandonnée dès sa naissance à la clinique. Recueillie par la DDASS, celle-ci la plaça en famille d'accueil. D'après ce qu'elle me raconta de sa vie lors notre première rencontre, vingt-cinq ans après, sa famille d'accueil fut bien plus responsable et aimante que la mienne. Elle y resta jusqu'à ses dix-huit ans. À ce jour, je n'ai plus de nouvelles d'elle.

Moi, Carole, je suis la dernière-née, un an seulement après Karine.

Dès que ma mère fut enceinte de moi, elle dit à mon père qu'elle lui donnerait autant d'enfants que sa femme légitime, pour qu'il vienne vivre avec elle. Mon père, voyant que sa liaison devenait dangereuse, décida de rompre définitivement.

Ce que mon père n'avait pas prévu, ni même imaginé, c'est qu'elle se vengerait. Suite à un vol qu'ils avaient commis ensemble, dans un magasin de télévisions, quelques temps avant ma naissance, ma mère le dénonça à la police ; ce qui valut à mon père trois ans de prison, mais ne l'empêcha pas d'écrire à ma mère qu'il l'aimait toujours.

Ma mère était-elle complice ?

Le fait d'être enceinte et de l'avoir dénoncé, lui avait-il épargné la prison ?

Je ne le saurai jamais !

À ma naissance, je ne fus pas abandonnée immédiatement. Elle me garda deux ans, temps de la peine qu'il restait à purger à mon père, pensant qu'il reviendrait vivre avec elle après sa sortie. J'étais en quelque sorte son otage, elle me gardait pour récupérer mon père.

Pendant ces deux années, je fus continuellement ballottée de droite à gauche, confiée à des personnes de passage qu'elle connaissait plus ou moins et qu'elle ne payait pas. D'après les dires de ces gens, j'étais souvent couchée et ne mangeais pas à ma faim. Privée d'affection et de soins, j'étais déjà abandonnée moralement.

Dès sa sortie de prison, mon père décida d'aller vivre en Provence avec sa famille légitime. Quand ma mère apprit ce départ, elle me porta à la DDASS immédiatement.

Ce que je ne comprends pas, c'est qu'elle n'a jamais été surveillée, ni inquiétée pour ses faits et gestes à notre encontre et ses abandons répétitifs.

Quelle valeur ont les enfants ?

Où était la protection de l'enfance ?

Heureusement, Sandrine, l'aînée, était là, confidente de Christelle qui n'en pouvait plus et voulait se sauver avec son aide.

Elle trouva refuge au « foyer du Havre ». Elle venait d'avoir seize ans et rencontra un garçon qui l'attendit deux ans, le temps qu'elle ait atteint la majorité. Ils emménagèrent dans un appartement au Havre et par la suite naquirent trois enfants. À ce jour, ils sont toujours ensemble et forment une famille aimante, surtout avec les beaux-parents de Christelle. Ce sont des personnes attentives et affectueuses qui l'ont toujours aidée, entourée, ce qui lui a permis de prendre un nouveau départ dans la vie et de connaître enfin la chaleur et la valeur d'une vraie famille.

Chapitre 1

Après mon véritable abandon à la DDASS, suite à la sortie de prison de mon père, je fus placée dans une famille d'accueil en 1972 à Dollemard, au Havre. J'avais trois ans.

À mon arrivée chez mes parents nourriciers, la peur m'envahit, je hurlais, j'étais terrorisée : que m'arrivait-il ? Ma nourrice se prénommait Anne, son mari Jacky. Ils avaient la trentaine passée, un fils, Nicolas, âgé de six ans et un chien, Schesman.

Anne, mandatée par la DDASS pour être ma nourrice, avait-elle effectué un stage ou une formation pour faire face à ce genre de situation ? Le faisait-elle par amour des enfants ou uniquement pour l'argent ?

Jacky, salarié, était pépiniériste au Havre. Ils habitaient une maison avec jardin, mais je n'avais pas de chambre, ni d'endroit bien à moi. Je dormais dans la salle où se trouvait un lit placard et la télévision. Chaque nuit je cauchemardais car au-dessus de ce lit se trouvait un vrai crâne humain que mon nourricier avait trouvé et mis à côté de quelques livres. Sans doute trouvait-il ça décoratif ?

Il me faisait peur chaque fois que je le voyais avant de m'endormir, vers les onze heures du soir.

Je devais aller dans la chambre de mes nourriciers jusqu'à la fin du film et ensuite il me rapportait dans mon lit assez tard. Bien souvent le bruit de la télévision me réveillait et à cause de la vue du crâne je ne me rendormais que tard dans la nuit.

Ceci n'était pas la seule cause de mes cauchemars, puisque des souris se promenaient tranquillement sous mon lit. J'appelais mes nourriciers, mais seul Jacky se levait. Il mettait des tapettes sous le lit et dès que j'entendais le « clac », je savais que des souris étaient prises et je me rendormais plus sereine.

Quand l'orage éclatait la nuit, paniquée, je frappais à la porte de leur chambre.

« Entre » me répondait Anne.

« Je peux dormir là ? lui demandais-je.

– Oui par terre. »

Je m'allongeais donc par terre sur la moquette rose, sans couverture ni oreiller. Je me croyais plus en sécurité auprès d'eux. J'avais une peur bleue de l'orage, je croyais que la foudre allait tomber sur nous.

Jamais ma nourrice ne me prenait dans ses bras pour me rassurer ou me calmer, ce dont j'avais énormément besoin dans ces moments-là. Cette angoisse de l'orage dura jusqu'à mes quatorze ans.

À n'importe quelle heure de la journée, quand Anne faisait du bruit dans la cuisine, j'accourrais, pensant que c'était le moment de manger. J'avais toujours faim. Est-ce pour ça, que j'ai un jour mangé dans la gamelle du chien ?

J'étais si maigre, piteuse à voir et si souvent malade, à cause du manque de soins et de nourriture, et cela depuis ma naissance !

Quand je sortais avec Anne et Jacky, pour une promenade, ils marchaient derrière moi de peur que je tombe tellement mes jambes ressemblaient à des allumettes.

Le moment que j'appréhendais le plus, c'était l'heure du bain dans la petite salle de bain avec un sabot : j'étais la dernière à y aller, après Anne et Jacky, et ils ne changeaient pas l'eau. Ils se contentaient de la bleuir avec du produit Obao, pour cacher la couleur de l'eau sale. Mais pour Nicolas, leur fils, ils vidaient le bain et remettaient de l'eau propre. Le prix de ma consommation d'eau était pourtant compris dans le règlement qu'Anne percevait de la DDASS. Ça dura ainsi jusqu'à mes quatorze ans.

Le seul souvenir paradisiaque de cette époque dont je me souvienne, et qui reste pour moi un merveilleux moment, se déroula un jour à l'école maternelle.

J'avais quatre ans, j'étais assise sur la pelouse dans la cour, et je me revois en train de sentir cette odeur de fleur du début de l'été, de regarder le ciel qui était si bleu ; j'étais bien, j'étais heureuse. Cette image est toujours présente dans mon esprit.

Par contre, à six ans, à l'entrée en primaire, certains enfants se moquaient de moi car je n'avais pas le même nom que mes nourriciers inscrit sur mes cahiers d'école. Je ne comprenais pas, je croyais qu'ils étaient mes parents, alors un soir à table, je leur demandais :

« Pourquoi je n'ai pas le même nom que vous ? »

Mal à l'aise, ils me répondirent en pleurant :

« Nous ne sommes pas tes vrais parents, ta mère t'a abandonnée à la DDASS, quand tu avais trois ans. »

Imaginez le choc que ça a été pour moi ! Je ne comprenais plus rien. Je me rappellerais à jamais du jour où j'ai posé cette question et de cette réponse, dite avec si peu de précautions, qui me déchira le cœur.

Je ne voulais pas croire que je n'étais pas sortie de son ventre et ce jour-là beaucoup de larmes ont coulé.

Malgré cela, j'ai toujours voulu les aimer comme mes vrais parents, mais en échange je n'ai reçu que quelques moments très rares de tendresse durant toute mon enfance passée avec eux. J'ai su beaucoup plus tard, par un membre de la famille de mes nourriciers, que je n'étais pas la petite fille modèle dont ils avaient rêvé.

Comme j'étais un vrai garçon manqué, ma nourrice me mettait les bermudas, les tee-shirts et autres vêtements, de son fils. Il n'y avait que ses slips que je ne portais pas ! J'adorais jouer aux billes, aux voitures et faire du vélo, ce qui ne m'empêchait pas de jouer à la poupée, que je dorlotais.

Un après-midi, alors que je me chamaillais avec Nicolas, que je considérais comme mon frère, ma nourrice intervint :

« Nicolas, va dans ta chambre », ce qu'il fit aussitôt.

Elle se tourna vers moi :

« Carole, assieds-toi sur cette chaise et ne bouge plus ». Puis elle ajouta :

« Si un jour quelqu'un doit partir, ce sera toi bien sûr. »

À ces mots, mon cœur sursauta et de grosses larmes chaudes coulèrent le long de mes joues. Pourquoi disait-elle ça ? J'avais si mal que je voulais mourir. C'est très facile pour un adulte de dire de telles paroles à un enfant.

Voyant mon état, au bout de quelques minutes, elle s'excusa de cette phrase :

« Est-ce que tu me pardonnes ?

– Oui » lui répondis-je. Mais je mentais par peur de la réprimande.

Jamais je ne le lui pardonnerais, malgré le fait qu'elle ait senti tout le mal qu'elle m'avait fait, surtout que ce n'était pas la première fois qu'elle me blessait avec de vilaines paroles. Je sentais que ma nourrice, par moment, souhaitait se séparer de moi, mais sans moi elle n'avait plus de salaire, j'étais son gagne-pain.

Chaque fin d'année, un repas de Noël était organisé par la DDASS. Un ramassage était prévu pour récupérer les enfants près de chez eux, afin que chacun puisse y aller. Nous nous retrouvions à plus de trois cents, âgés de sept à dix-huit ans, dans une grande salle des fêtes pour le repas. Je me souviens de deux fois, nous étions regroupés par table de dix, selon notre âge. En nous voyant trois cents et plus, j'eus un choc : je ne m'imaginais pas qu'il y avait autant d'enfants sans papa ni maman.

À la fin du repas, des chèques cadeaux étaient distribués à ceux qui avaient obtenu un diplôme dans l'année. Cela était gratifiant de voir que même les pupilles de la nation arrivaient à s'en sortir, car à cette époque nous étions vite catalogués comme « moins que rien ». Bonjour les étiquettes que l'on nous collait : des enfants pas comme les autres. J'ai souvent souffert d'être appelée « pupille » de la DDASS et d'être en photo dans le journal à ces moments-là. Après le repas, nous étions cordialement invités au « Normandie », au Havre, pour une séance de cinéma ou pour un spectacle. Ensuite, à la sortie, on nous remettait un sac contenant un paquet de chocolats, un jouet ou un jeu et surtout une grande bouteille d'Eau de Cologne à la lavande. Était-ce pour que l'on sente meilleur, étions-nous des enfants qui avaient une odeur particulière ? Je n'ai jamais compris le pourquoi de ce cadeau, mais de toutes façons Anne devait s'en servir pour elle car je ne me souviens pas l'avoir utilisé. Pour conclure cette journée de festivités, nous reprenions le bus et rentrions dans nos familles d'accueil respectives, comme si de rien n'était.

Une fois par an, on se rendait au CCAS, pour recevoir des vêtements pour l'année. C'est comme ça qu'un jour dans la rue j'ai reconnu une autre fille de la DDASS : on était habillées de la même façon.

Pendant que j'essayais des habits, ma nourrice en profitait pour en prendre de plus grands pour son fils. Elle m'achetait rarement des vêtements neufs, la plupart des miens étaient donnés par la famille, très démodés et vieillots.

Lorsqu'elle recevait l'argent de la DDASS pour m'habiller, elle achetait des habits pour son fils, mais pour moi elle les faisait elle-même, ce qui lui revenait moins cher.

Je rêvais d'être vêtue comme mon frère et les autres enfants, avec de beaux vêtements qui me plairaient. J'ai beaucoup souffert des railleries des autres à l'école.

Pour me consoler de ces moqueries et du rejet de ma nourrice, j'allais me réfugier dans un coin de la salle à manger pour que personne ne me voie pleurer. Je prenais mon nounours tout abîmé et usé, à qui il ne restait plus qu'un œil, et je lui demandais :

« Dis, tu peux aller chercher ma maman ? Je voudrais tellement qu'elle revienne, qu'elle me prenne dans ses bras. Elle doit être belle ma maman, elle doit être gentille. »

Mais jamais mon nounours ne m'a répondu et j'ai continué à pleurer seule derrière ce grand meuble de la salle. J'imaginais le visage de ma vraie maman comme celui d'une princesse, qui un jour apparaîtrait et me tendrait les bras, m'embrasserait, me donnerait beaucoup d'affection et de réconfort. J'en avais tellement besoin, de cette maman, inconnue, pourtant présente au fond de mon petit cœur d'enfant.

Quand j'étais malade, ma nourrice était gentille avec moi. Ces moments étaient si beaux que je pensais qu'elle m'aimait quand même un peu, mais cela ne durait que le temps de ma maladie.

Il m'est quand même arrivé de passer de très bons moments en compagnie de Jacky et d'Anne. Un après-midi, alors qu'ils revenaient des courses, Anne est venue me voir dans le jardin et m'a tendu un paquet, comme ça, pour rien, juste pour me faire plaisir. J'y découvris une poupée et une baignoire rose. J'étais ravie. Aussitôt je demandais à Anne l'autorisation de mettre de l'eau dedans, ce qu'elle accepta. Je m'amusais bien et je n'oubliais pas de lui faire un gros bisou pour la remercier.

Ce genre de petites surprises bien agréables était malheureusement moins fréquentes que les mauvaises. Au point que j'avais tendance à vite oublier les bons moments car les pires étaient trop nombreux.

Le jardinage faisait partie de ces bons moments passés avec Jacky. Nous plantions des arbres, des fruits ou des légumes, il m'apprenait comment faire pour que les cultures poussent vite et bien. J'étais fière, je me sentais utile et cela lui plaisait que je l'aide.

Quant à Nicolas, cela nous arrivait de bien nous entendre et de jouer ensemble aux voitures dans le sable ou aux Playmobil. Entre deux amusements il y avait des disputes, mais plus nous grandissions, plus notre affection grandissait et plus nous devenions complices. Nous étions comme de vrais frère et sœur, du même sang. Je le pensais et je le pense encore.

L'anniversaire de mes huit ans fut un moment merveilleux. Mon nourricier était venu me chercher à l'école avec un vélo (d'occasion).

« Tu rentres à la maison à vélo, je te suis en voiture ! »

J'étais folle de joie, j'avais un vélo ! J'ai pédalé sur la grande route pendant un kilomètre.

En fait, le bonheur et la tendresse m'ont souvent été donnés par la maman de ma nourrice, née en 1920, que j'appelais « mémé ». Je l'aimais énormément. Elle m'a accueillie avec amour, au même titre que ses propres petits enfants. Elle me comprenait d'autant plus qu'elle avait le même parcours avec la DDASS. Ses parents étaient morts tous les deux, alors qu'elle n'avait que huit ans. Séparée de ses frères et sœurs, qu'elle ne revit que beaucoup plus tard, elle fut placée chez une vieille personne et y fut très malheureuse. Elle me raconta une anecdote qui nous rapprocha encore un peu plus : elle avait des souris sous son lit tout comme moi. Elle ne mangeait pas à sa faim, dans la même gamelle le midi et le soir, sans être lavée, totalement négligée au niveau de l'hygiène corporelle. C'est pour tout cela que mémé, à plusieurs occasions, prenait ma défense quand je me faisais disputer par sa fille.

Elle lui disait :

« Tu n'as qu'à la rapporter à la DDASS, si tu n'as pas de patience avec cette enfant ! »

J'étais heureuse quand elle me gardait à dormir chez elle. J'étais gâtée, chouchoutée, j'avais droit à de petites choses auxquelles je n'avais pas droit ailleurs, comme manger un esquimau le soir devant la télé ou lire des revues d'adultes.

J'étais bien près d'elle. Je l'accompagnais faire les courses, je mettais la table, nous faisions la vaisselle ensemble, pour le goûter elle me donnait du pain et plein de carrés de chocolat. Elle était affectueuse et sécurisante, il n'y avait jamais de cris. C'est comme ça que j'aurais désiré vivre mon enfance. J'aurais tant voulu que ce soit elle ma nourrice.

Elle nous a malheureusement quittés en février 2000. Elle me manque et je ne l'oublierais jamais. Aujourd'hui, je côtoie toujours quelques membres de ma famille nourricière.

Ma deuxième grand-mère, la maman de Jacky, que j'appelais « mémère », était, elle aussi, une femme formidable. Elle ne faisait, elle non plus, pas de différence entre ses propres petits-enfants et moi.

Un mardi soir, jour où nous étions invités, nous avions préparé toutes les deux après le repas des tasses d'eau chaude avec du citron. Ce n'est pas grand-chose mais pour moi c'était un moment d'attention chaleureuse à mon égard. Elle me donnait aussi des bonbons et des petites pièces.

Au repas du jour de l'an, qui se passait chez elle avec les frères et sœurs de mon nourricier, qui eux me considéraient comme une pupille de la DDASS, la coutume voulait que chaque parent mette de l'argent sous les serviettes de table des enfants. Alors que tous les autres avaient cinquante francs, il n'y avait que moi qui n'avais que dix francs. Pour moi, cela marquait bien nos différences, et c'est pour ça que mémère me donnait en cachette quelques pièces.

Elle aussi, elle est partie trop vite et elle me manque. Mais j'ai quand même eu la chance d'avoir deux mémés adorables qui sont pour moi mes références actuelles, mes piliers.

Il y a aussi mes amies d'enfance, amitiés très importantes que je n'oublierais jamais. Christelle, prénommée « Nono », fut ma première copine. J'ai grandi avec elle, elle habitait le même quartier, cinq maisons plus loin. Petite, blonde, aux yeux marrons, très joviale, toujours de bonne humeur, dernière d'une famille de sept enfants qui vivait très unie, malgré l'absence d'un papa, parti après une longue maladie.

Sa mère, femme formidable et cool dont je n'oublierais jamais le sourire, me prenait souvent chez elle, à manger et à dormir. Cela arrangeait ma nourrice qui se retrouvait seule, avec son mari et son fils.

Je passais chez elle des moments merveilleux de joie et de bonheur, dans différentes activités :

- confection de gâteaux maison, collation à n'importe quelle heure sans compter. Aucune limite ne nous étant imposée ;

- l'été, cabane organisée dans le jardin avec couvertures, fleurs, bonbons ;

- courses dans les champs de maïs.

Une nuit chez Marie-Louise, une autre copine, nous dormions dans une tente indienne, quand on a entendu soudain du bruit chez les voisins. Alors curieuses, nous avons grimpé sur une charrette, qui s'est renversée. Nous avons éclaté d'un fou rire et Marie-Louise en a même fait pipi dans sa culotte.

Un soir de pluie, assises avec Nono et sa maman, sur son lit, nous nous sommes amusées à nous piquer les fesses avec les cactus dessinés sur les draps. Nos rires d'enfants émerveillaient sa maman.

Je détestais le moment où il fallait rentrer chez ma nourrice et j'enviais fortement la vie de Nono. Par contre, elle ne venait jamais chez moi, ma nourrice l'interdisait. Elle disait qu'elle n'était pas payée pour supporter les enfants des autres. La seule fois où Nono est rentrée dans le jardin, par une chaude journée, ma nourrice nous donna un esquimau. Mais dès ma copine partie, elle me réclama deux francs pour son esquimau, alors que sa maman me nourrissait et me gâtait gratuitement.

Un autre soir, alors que Nono venait faire la causette de l'autre côté de la barrière, sur le trottoir, ma nourrice m'appela, mais je décidais de m'attarder un peu. Dès que je voulus rentrer, surprise, la porte était fermée à clé. Je frappais, mais personne ne répondait. Au bout de dix à quinze minutes je me suis mise à pleurer, très angoissée de me retrouver seule, enfermée, dehors. Je m'enfuis au bord de la falaise qui se trouvait à deux cents mètres de la maison.

Je regardais le ciel brillant d'étoiles ; seul le vent du large se faisait entendre. Je m'approchais un peu plus du bord de la falaise, comme attirée par le vide. Je souhaitais m'envoler pour ne plus jamais revenir, mais la peur de la souffrance me retint. En me retournant, j'aperçus mon nourricier Jacky en compagnie de mon chien.

« Je ne veux pas rentrer.

– Arrête Carole, rentre.

– J'ai peur qu'elle me tape.

– Mais non, tu sais bien comment elle est, la colère lui passe vite, dépêche-toi. »

Arrivée devant l'entrée, je ne vis personne.

« Ouf, elle est couchée » pensais-je. Mais non, elle m'attendait derrière la porte et soudain je sentis ses ongles s'enfoncer dans mon crâne. Elle me jeta par terre. J'atterris la tête sur le coin de la table. Heureusement je n'eus pas de séquelles graves, juste quelques bosses, griffures et ecchymoses. Le lendemain, confiant à Nono les faits et gestes de ma nourrice, elle fut atterrée, ne comprenant pas les réactions d'Anne.

Les matins suivants, en partant à l'école, je passais chez elle la chercher. Un jour, me voyant triste, en pleurs et mal habillée, elle alla dans sa chambre et en ramena un sweat et un blouson bleu. Je cachais, avec sa complicité, mes vêtements usagés sous un tas de briques dans son jardin. Ceci arriva plusieurs matins de suite, mais un soir en rentrant, j'oubliais de passer me changer. Catastrophe ! En arrivant chez ma nourrice, elle vit bien que j'étais habillée différemment. Elle cria :

« Tu dois mettre les vêtements que je t'impose, ne recommence plus jamais ça ! »

Le lendemain, pour mieux me surveiller, elle qui ne se levait jamais le matin pour préparer le petit-déjeuner et passer un moment ensemble, m'appelait dans sa chambre juste au moment de partir à l'école. Qu'allait-elle inventer encore pour me faire pleurer ?

« Fais-moi voir comment tu es habillée ce matin ! Ça je n'aime pas, tu mets le blouson vert et la jupe prune. »

Je m'exécutais, en pleurant. J'étais en retard, une mauvaise journée s'annonçait.

Les maîtresses disaient entre elles que j'étais dans la lune et que, comme j'étais pupille de la DDASS je n'avais pas d'avenir. C'est vrai que je regardais souvent par la fenêtre les nuages et je rêvais d'un monde meilleur.

Nono était toujours là pour moi, elle disait qu'elle ne me laisserait jamais.

« Tu verras un jour tu seras heureuse. »

Hélas, plus je grandissais, moins j'étais autorisée à sortir et mes rencontres avec Nono se faisaient de plus en plus rares. Elle, sa liberté grandissait sous l'œil attentif de sa maman, qui lui faisait confiance, tandis que ma liberté à moi s'amenuisait.

Ma nourrice m'expliquait que la priorité était d'apprendre à savoir tenir une maison. Donc après les repas, la vaisselle et le balai qui m'attendaient quotidiennement, je devais tous les mercredis passer l'aspirateur, épousseter les meubles. Quant à elle, pendant ce temps, elle tricotait.

Quand je faisais des bêtises, je devais me mettre à genoux sur le lino, ou à-même le ciment, les mains croisées dans le dos. Je restais ainsi, de longues minutes ; mes genoux me faisaient mal, je pleurais et à ce moment-là, elle me lançait :

« Tu peux te relever. »

Elle attendait généralement que je pleure pour lever la punition. J'étais son souffre-douleur. Me voir dans cet état lui procurait peut-être du bonheur ? Selon son humeur, la journée se passait sans problème ou c'était un vrai désastre.

En plus des punitions, arrivèrent les privations en tous genres : desserts, sorties, achats de vêtements. À table, si je ne mangeais pas assez vite, le dessert m'échappait, alors je me relevais la nuit pour prendre une grosse cuillère à soupe de glace à la fraise, surtout pas de yaourt, elle l'aurait remarqué.

Les repas ne se passaient pas toujours comme des moments conviviaux. Quand je mangeais du jambonneau et que je trouvais du gras dedans, je l'envoyais discrètement sous la table à ma chienne ; elle le reniflait, le léchait mais ne le mangeait pas. Ma nourrice s'en apercevait et m'obligeait à le manger devant elle pour être sûre que je l'avale. J'étais dégoûtée et j'avais des haut-le-cœur.

Les moules au menu étaient aussi pour moi un mauvais moment à passer, je complotais de toutes les mettre dans ma bouche et prétextais l'envie d'aller aux toilettes. Je grimpais sur la lunette et je les jetais dehors par la fenêtre. Hélas, un jour les moules sableuses atterrirent sur le *Tintin* que mon frère lisait, posé juste en-dessous des toilettes. Il ramena les moules à ma nourrice qui me les mit dans la bouche en criant :

« Tu n'iras plus aux toilettes pendant les repas. »

Le silence était de rigueur à table et quand je n'avais pas le sourire, c'était un coup de fourchette, ou l'assiette de soupe ou d'épinards en pleine tête. « Bon Appétit ! »

Heureusement il y avait parfois des interruptions de corvées ou de punitions dues à la visite de ma tante, la belle-sœur d'Anne. Elle arrivait toujours au bon moment pour me sauver des punitions. Je ne sais pas pourquoi mais ma nourrice ne l'aimait pas. Tata Martine était une femme et une maman géniale, cool et joueuse avec ses deux filles, plus jeunes que moi.

Une fois, un après-midi d'été, alors que je lessivais les placards et les tupperwares, pendant que mes copines s'amusaient à la plage, ma tante arriva et dès qu'elle me vit en train de faire la boniche, elle proposa de me prendre quelques jours chez elle.

« Oui, sans problème », répondit Anne.

Je partis de chez moi le cœur rempli de joie. Je passais des moments géniaux chez eux, je n'avais le droit que de jouer. Un luxe pour moi, du haut de mes dix ans.

Planning de la journée :

- matin : bain à trois, avec éclaboussures garanties ;

- repas du midi : purée-jambon avec amour et bonne humeur ;

- après-midi : cabane improvisée dans la chambre des filles avec des couvertures géantes pour se cacher, couscous de bonbons et boissons rafraîchissantes et surtout éclats de rires en permanence ;

- repas du soir : toujours chaleureux ;

- brossage de dents obligatoire.

Je m'endormais en rigolant avec mes cousines, cela me changeait beaucoup de la maison où, bien souvent, je m'endormais fatiguée d'avoir trop pleuré.

Chapitre 2

Pour mon entrée dans l'adolescence, j'eue droit à une chambre, enfin ! À douze ans ce n'était pas trop tôt pour avoir son « coin secret » : une véranda que mes nourriciers firent construire. Le gros défaut : pour entrer et sortir de la maison, on passait obligatoirement par la véranda. De plus, elle était très mal construite, tant sur le plan de l'isolation que pour l'insonorisation. Un carrelage humide et froid et de grandes baies vitrées m'empêchaient de dormir la nuit.

La porte d'entrée, munie d'une vitre donnant sur le jardin, me faisait peur la nuit et surtout les jours d'orage, avec le tonnerre et les éclairs. Je voyais des ombres et je pensais que quelqu'un pouvait entrer, la serrure ayant des difficultés à fermer à clé.

Par terre, sous mon lit et sur les vitres, des araignées se promenaient souvent. C'était triste mais j'avais quand même un coin personnel. Par contre, le fils d'Anne possédait une belle chambre chaleureuse, avec moquette, c'est pourquoi quelque fois je m'y glissais pour jouer en cachette.

Bientôt je devins une « grande » fille. Quel bouleversement dans la vie d'une gamine. J'étais en sixième. Un matin avant de partir à l'école, mes règles apparurent pour la deuxième fois et bien sûr je n'avais pas le temps de laver ma culotte. Je la cachais dans un coin de l'armoire, pensant la laver le soir en rentrant de l'école.

Par malchance, justement ce jour-là Anne avait décidé de vider complètement mon armoire afin que je la range à sa convenance. Le soir, à mon retour, je découvris mes affaires éparpillées sur le sol. Toutes, sauf ma culotte souillée. Sans me laisser le temps de goûter, Anne me mit ma culotte sur la tête et me dit :

« Tu vas me chercher une demi-livre de beurre au Cornod. »

J'étais dans ma chambre, les larmes coulaient à flot. Que m'arrivait-il ?

Vu ma naïveté, je pensais vraiment que je devais sortir dans cette tenue humiliante.

Qu'est-ce que les gens penseraient de moi avec une culotte sale sur la tête ?

Mais c'est plutôt Anne que les gens auraient critiquée, non, bien sûr, elle ne pouvait pas m'envoyer dans les magasins à cinq cents mètres de chez elle dans cette tenue, mais moi j'y avais vraiment cru.

Je pleurais pendant un bon moment toute seule dans la chambre quand elle revint et me dit méchamment :

« Espèce de fille sale, toute ta vie tu seras crado. »

Je continuais de pleurer et ne lui répondis pas, j'avais trop honte de moi.

Dès sa sortie de ma chambre je me tapais violemment la tête contre le mur, je voulais qu'elle explose, je voulais mourir, mais comme d'habitude je me disais que demain serait un jour meilleur.

Merci à Dieu de m'avoir donné cette volonté qui me permettait de tenir et de retrouver le moral.

Quant à Jacky, présent dans la cuisine, il n'intervenait que très rarement, de peur de représailles. Pour oublier les colères de Madame, tous les soirs après l'école, je devais aller lui acheter de la bière et du cidre dans un grand sac marron pour qu'on ne voit pas les bouteilles. Il m'arriva par deux fois de voler cinq paquets de chewing-gum à la fraise et une tablette de chocolat dans la poche intérieure du sac. C'étaient des aliments que je ne mangeais jamais.

La nuit venue, dans mon lit, je dévorais plusieurs chewing-gums. Hélas je m'endormais avec et quand je me réveillais, ils étaient tous collés sur les draps et les couvertures. Anne, dès qu'elle s'en aperçut, cria :

« Tu dormiras ce soir sur le matelas sans drap ni couverture ! »

Mais le soir, Jacky m'apporta en douce un drap de bain pour me couvrir un peu.

Je n'étais pas une petite fille modèle, je faisais des bêtises comme tous les enfants. Lorsqu'une visite de l'assistante sociale était prévue, Anne me demandait de dire que tout allait bien, sinon j'en subirais les conséquences.

Jamais je n'ai pu me confier à qui que ce soit. À cette époque on n'écoutait pas et on ne croyait pas les enfants.

Quelquefois, Anne m'envoyait chercher Jacky à son travail, je pense pour le surveiller. Je le retrouvais au bar d'à côté, assis au comptoir, buvant deux verres de vin. Il m'achetait des carambars contre mon silence, et vu son comportement envers moi par rapport à sa femme je lui devais bien ça : je ne répétais jamais ce qu'il faisait.

Anne cachait parfois des bouteilles d'alcool dans le lave-linge ou le four. Un midi, lorsqu'elle alluma le four, on entendit un grand « plaff », une bouteille venait d'exploser. On rigolait tous les trois en nettoyant les dégâts.

Une autre fois, elle mit de la Soupline dans une bouteille de rhum. Jacky la trouva et croyant que c'était du rhum en avala une gorgée, la recracha aussitôt sans aucune séquelle. On a encore bien rigolé ce jour-là.

Souvent le soir, quand Jacky rentrait en état d'ébriété, Anne criait et Nicolas et moi nous nous cachions derrière la porte de sa chambre. Nous regardions par le trou de la serrure. Anne très en colère insultait et tapait Jacky à coup de casserole.

Elle gagnait toujours, il ne ripostait jamais, il ne lui aurait jamais fait de mal, ni à elle, ni à nous. Dans ces moments-là, il partait se coucher sans dîner.

Le lendemain matin, j'aperçus des taches de sang sur l'oreiller de Jacky, à cause des coupures à l'oreille, suite aux coups de casserole. À cet instant j'avais mal, je la haïssais et lui je le plaignais. S'aimaient-ils vraiment ?

Anne disait qu'ils se disputaient souvent à cause de moi. C'était faux puisqu'elle ajouta ensuite qu'ils ne pouvaient pas se séparer, la

DDASS ne confiant des enfants qu'aux couples mariés (cocus, battus ou autres pas d'importance). L'essentiel pour eux, rester en couple pour les enfants et l'argent qui va avec.

Quelques temps après, Anne fut contactée par la DDASS pour aller chercher à la maternité en section néonatalogie un enfant dont les parents avaient été déchus de leurs droits parentaux, dès sa naissance.

À son arrivée chez nous, André, petit être fragile, fut aussitôt aimé et protégé par Anne et moi-même. Dès que je rentrais de l'école, je lui donnais le biberon, le bain, je lui changeais ses couches et je le promenais ; c'était l'occasion pour moi de voir mes amies. Je jouais avec lui et le soir, je m'allongeais aux pieds de son lit à barreaux en lui tenant la main pour qu'il s'endorme après les câlins. Il dormait dans la chambre de Nicolas.

À son premier anniversaire, André ne souriait pas, ne gazouillait pas et ne s'exprimait pas. Sa seule expression était de mettre ses mains devant ses yeux tout en se balançant.

Après plusieurs examens, André se révéla être autiste. Anne porta alors beaucoup plus d'attention à André qu'à son propre fils. Moi-même je donnai tout mon temps, tout mon amour, à ce petit bout de chou et cette période dura jusqu'à mes 16 ans. Certains membres de la famille me conseillaient de faire attention à cet attachement dont je pourrais souffrir plus tard.

Plus cet enfant grandissait, plus on le choyait, on le gâtait, sans lui imposer aucune limite. Ce n'était peut-être pas bien pour lui mais aurait-il trouvé un autre amour ailleurs ?

En contrepartie, Jacky et Nicolas en subirent les conséquences. Plus de vacances, plus de sorties, plus de visites familiales par peur du regard des autres, à cause de l'ignorance des autres sur la maladie d'André. En ce qui me concerne je ne regrette rien, ni le temps, ni l'amour que je lui ai consacré. Ma récompense étant les progrès inattendus, comme le fait de tenir un verre dans ses mains et de boire seul, de prendre un stylo et de dessiner. À chaque progrès d'André c'était la fête à la maison.

Ceci entraînait parfois quelques désagréments dans le déroulement de la vie courante, Anne trop occupée par André qui demandait une présence constante du fait de son handicap nous négligeait pour certains soins tels que nous emmener chez le coiffeur, chez le dentiste, etc...

En voici deux tristes souvenirs :

Un après-midi pas très chaud de septembre, Anne et moi sommes allées chez le coiffeur, celui-ci lui coupa les cheveux en premier. Pressée de rejoindre André, elle me dit rapidement avant de partir :

« Tu ne fais pas de brushing, tu pars après la coupe ! »

Bien sûr cela lui coûtait moins cher.

« Oui, lui ai-je répondu. »

Dès que ma coupe fut achevée, naturellement la coiffeuse prit le sèche-cheveux, je me levais d'un bond.

« Madame, je ne veux pas de brushing, je dois m'en aller, ma nourrice m'attend. »

Effarée la coiffeuse me répondit :

« Je ne peux pas te laisser partir les cheveux mouillés, je vais te les sécher quand même. »

Elle me le répéta trois fois, des larmes coulaient sur mes joues et j'insistais de nouveau.

« Je dois m'en aller. »

Je me levais et partis très vite, honteuse vis-à-vis de la coiffeuse et par peur des représailles de ma nourrice.

Une autre fois, Anne me déposa chez le dentiste et ajouta :

« Je pars faire des courses, tu rentres directement après. »

Elle me remit le carnet de la DDASS contenant les feuilles de soins pour le règlement. Au moment de payer la facture, le dentiste cria en voyant les papiers que je lui remettais.

« Je ne prends pas ce mode de paiement, c'est une honte.

– Ma nourrice est partie, je ne peux pas payer autrement. »

Voyant ma mine attristée et prête à pleurer, il se radoucit et d'un ton plus bas me dit :

« Je vais me débrouiller avec ça, ne t'inquiète pas, rentre chez toi. »

Je compris une fois de plus qu'Anne me laissait seule dans ces situations, pour ne pas subir la honte qu'elle rejetait sur moi. Mais cette honte était moindre par rapport à ce qui m'attendait.

Parlons d'un tout autre problème : la sexualité. Un sujet tabou à la maison.

Par exemple, dès qu'il y avait un film à la télé avec des scènes érotiques, c'était « Va te coucher tout de suite ! » et une fois de plus je ne voyais pas la fin du film. Les seuls moments de tendresse que j'ai pu voir entre Anne et Jacky étaient des bises sur les lèvres. Anne était très pudique, même par temps très chaud, je ne l'ai jamais vue habillée en tenue légère. D'ailleurs, elle ne me parla pas de la puberté et des changements à l'adolescence, ni même de prévention.

Par contre, j'eus plusieurs fois l'occasion forcée de voire Jacky nu. Un après- midi, il m'appela du fond du jardin, pour mettre de la graisse sur mon vieux vélo jaune. C'est alors qu'en rentrant dans le cellier je vis Jacky avec son sexe tout droit dans la main. Horriblement choquée, je lui demandais :

« Mais qu'est-ce que tu fais ? »

À ce moment-là mon frère qui nous rejoignait s'arrêta net et repartit en courant à la maison.

Heurtée moi aussi, je rentrais à la maison avec cette horrible image qui me poursuivait. J'avais terriblement peur.

Qu'avait vu mon frère ? Que pensait-il de moi ? Croyait-il que j'avais fait quelque chose de mal ?

Toutes ces questions me hantaient, terrorisée je n'osais pas en parler à Anne. Jacky me prévint de ne rien dire sinon elle me punirait, mais j'étais plus ennuyée par ce que Nicolas pensait de moi.

Et puis pourquoi le raconter à Anne ? Elle ne m'aurait pas cru, encore une fois elle aurait dit que j'affabulais.

Vingt ans plus tard, mon frère me rassura, me disant que je n'y étais pour rien dans cette histoire.

À cette époque, lui aussi surprit des choses entre Jacky et moi, il était trop jeune pour comprendre tout cela. Si ce fut la première fois que je vis le sexe de Jacky, ce ne fut pas la dernière, hélas.

Il lui arrivait de renouveler ces actes, quand Anne était absente (partie faire du ménage « au noir »), mais grâce à Dieu jamais il ne me toucha. Je pense qu'Anne savait qu'il m'aimait un peu trop avec perversion. S'était-elle refusée à l'admettre, à comprendre et à me défendre ?

Il est vrai que je grandissais, que mon corps se transformait en celui d'une jeune fille. D'après les dires de la famille, des amis et l'attitude des garçons, j'étais jolie. Cela était flatteur, mais pas de la part de tout le monde.

Lors d'un dîner en famille, pour l'anniversaire de ma mémé et de mon cousin, mon oncle, le frère divorcé d'Anne m'invita pour danser un slow. C'est alors qu'un peu ivre il me proposa :

« Je t'invite au cinéma mercredi, rien que nous deux.

– Oui, peut-être », ai-je répondu.

Ayant des doutes sur ses véritables intentions, j'en parlais à ma nourrice, qui me traita de menteuse.

« Tu devrais avoir honte d'avoir pensé du mal de mon frère. »

Et sur un ton encore plus méchant :

« Tu es comme ta mère, une pute. »

À ce moment-là, je me dis que j'aurais mieux fait de me taire et de continuer d'avoir peur, seule dans mon coin. Comment se permettait-elle de me juger par rapport à ma mère ? Elle ajouta :

« Tu attires les hommes, tu ne sauras jamais garder le même. »

Je savais qu'elle se trompait mais je ne disais rien.

Cette femme qui me traitait de putain ou de salope, j'aurais voulu lui dire que je les haïssais, elle et son mari et qu'ils allaient bien ensemble, qu'on aurait pu les appeler « les Thénardier » et moi « Cosette » ; voilà ce que je pensais d'eux ce jour-là.

Quand elle me parlait, il fallait que je baisse les yeux, que jamais je ne la regarde en face. C'était sa façon à elle de me rabaisser, je n'avais pas le droit d'être moi-même. Son visage dans ces moments-là était pincé, la bouche en arc de cercle plutôt vers le bas du menton et ses yeux ne laissaient transparaître que de la haine. C'est vrai qu'elle me faisait peur. Je la craignais et c'est ce qu'elle voulait.

Lors de ses visites, l'assistante sociale me demandait :

« Pourquoi tu ne me regardes pas dans les yeux quand je te parle ?

– Parce que je suis timide, Madame. »

Mais je mentais car désormais je n'osais plus regarder les gens en face, maintenant j'avais peur du regard des autres, quels qu'ils soient.

Ma quatorzième année s'annonçait malsaine, vues les propositions incestueuses de plus en plus fréquentes de la part de Jacky.

Je n'acceptais jamais, jusqu'au jour où devant aller à Bléville, il me proposa de m'y déposer en voiture. D'habitude partout où j'allais c'était à pied. À quelques mètres de la place où il devait s'arrêter, il prit une petite rue un peu déserte sur la droite. Il stationna, me montra un billet de cent francs qu'il posa devant moi et me dit :

« Si tu me fais une branlette, ils sont à toi.

– Non, lui répondis-je immédiatement, choquée.

Mais les yeux fixés sur ce billet, j'imaginais tout ce que je pourrais acheter : des bonbons, des gâteaux, des scoubidous et des magazines pour moi et mes copines. D'habitude je ne payais pas parce que je n'avais jamais d'argent de poche.

Alors je finis par lui dire oui.

Au moment où il ouvrit sa braguette et qu'il allait sortir son sexe, un monsieur s'est approché de la voiture. Surpris, Jacky a très vite remballé sa marchandise et moi j'attrapais le billet et prenais la poudre d'escampette.

Serais-je allée au bout de cet acte affreux ?

Je pense que oui, mais je ne l'ai pas fait, merci monsieur le promeneur.

Je crois que si Jacky ne m'a jamais reproposé ce genre d'affreux plan, c'est parce qu'il a eu très peur de se faire prendre et ça a dû le faire cogiter. Jamais il ne m'en reparla.

Une semaine plus tard, en discutant avec une copine de la DDASS, Delphine, j'appris que l'on avait droit à cent vingt francs par mois d'argent de poche. En rentrant à la maison je dis à Anne :

« Pourquoi je n'ai pas d'argent de poche, alors que Delphine vient de me dire qu'elle en reçoit tous les mois et ce depuis très longtemps ? »

Mauvaise, elle me répondit :

« C'est pas vrai, tu me prends pour une voleuse ou quoi ?

– Mais non, mais non… »

Si je n'avais pas rencontré Delphine ce jour-là, ils auraient continué à profiter de mon argent de poche. Comme par hasard, le mois suivant j'eus enfin mes cent-vingt francs.

Pour se venger, furieuse, elle décida qu'elle ne me paierait plus mes tickets de bus. J'étais dégoûtée. Combien de fois j'ai pris le bus sans payer pour garder mon argent, jusqu'au soir où j'ai eu une amande de soixante-dix francs. Je n'ai pu la payer, c'est une copine qui m'a dépannée, je l'ai remboursée le mois suivant sans le dire à mes nourriciers, de peur de me faire incendier.

Un autre point sur lequel Anne me volait était mon livret de caisse d'épargne, ouvert à l'âge de sept ans. Je me souviens très bien que je remplissais les cases avec des timbres (des fleurs, des moyens de transport, etc.) que j'achetais tous les samedis, en primaire, à onze heures trente.

Des années plus tard, je lui demandais où était mon livret. Elle me répondit simplement :

« Tu n'en as jamais eu. »

Sûre de moi, mais n'ayant aucune preuve pour l'accuser, comme d'habitude c'était perdu d'avance. Je pense que le fils d'Anne a récupéré tout cet argent à sa majorité. Il aurait pu me remercier, mais je ne lui en veux pas.

Anne n'était pas la seule à me voler. Jacky piquait des sous dans mon portemonnaie pour aller au bistrot. Un soir, alors qu'il rentrait du travail, profitant qu'il était ivre, je l'épiais jusqu'à la salle de bain pour voir où il cachait son portemonnaie. Derrière son dos, je pris une chaise, grimpais pour atteindre le dessus de la pharmacie où se trouvait sa cachette et j'y pris un billet de cinquante francs, ravie de récupérer mon argent.

J'avais, par la suite, envie de lui en reprendre, mais il changeait sa cachette régulièrement. De son coté, il trouvait facilement les miennes car après avoir économisé pour acheter un réveil, mon portemonnaie avait disparu. Avant de partir faire les courses je décidais d'en parler à Anne :

« Papa m'a volé mon portemonnaie.

– Menteuse, c'est pas vrai. »

C'est plus tard que je découvris mon petit portemonnaie vide, dans le sac à main d'Anne. Je n'aurais jamais cru qu'elle oserait me voler de cette façon. Un mois plus tard, elle me paya un réveil, certainement offert avec mon propre argent.

Malgré tous ces petits tracas familiaux un sujet épineux m'attendait : ma « vraie » mère.

C'étaient les vacances de Pâques. Un matin, Anne me dit :

« Voudrais-tu voir ta vraie mère ? »

Surprise par cette question inattendue, j'y réfléchis quelques instants. Ma curiosité l'emporta, je dis « oui ». Dans mes rêves je l'imaginai belle et bien habillée, comme une princesse, c'était l'image que je me faisais d'elle quand j'étais triste et que j'avais envie d'être consolée.

La rencontre fut organisée un après-midi vers quatorze heures, Anne me demanda de prendre André dans sa poussette. Nous allions tous les deux accueillir ma vraie mère à l'arrêt de bus qui se trouvait à cinq minutes de chez moi. Si seulement j'avais pu y aller seule, ça aurait peut-être changé le cours des choses.

Arrivés à l'arrêt de bus, je vis une femme descendre avec une petite fille.

Était-ce elle, ma mère ? Oui hélas !

Je fus terriblement déçue par cette bonne femme. Je la trouvais moche, ça ne pouvait pas être ma mère. J'avais envie de m'enfuir en courant mais j'aurais pu faire tomber André de sa poussette et lui faire mal, sans le vouloir.

Dégoûtée, je devais rentrer à la maison en cette déplorable compagnie.

Est-ce qu'Anne aurait aimé que je revienne seule ? Pour une fois, elle aurait apprécié cette attitude la valorisant (mais je suis certaine que cela ne l'empêcherait pas de toujours être méchante avec moi). Arrivés à la maison, Anne lui proposa un café et pendant ce temps, je fis connaissance de ma dernière petite sœur, Dominique.

J'en concluais, après mûre réflexion dans ma chambre, qu'une simple photo d'elle m'aurait suffi.

Avant de partir, ma mère me proposa d'aller chez elle quand je le souhaitais.

Je lui rendis visite quelques temps plus tard à l'occasion de mon anniversaire. Elle habitait dans une caravane à Harfleur avec son concubin et leurs deux filles.

Elle m'emmena faire les magasins pour me payer un cadeau. Elle m'offrit ce dont je rêvais depuis longtemps, une paire de chaussures « bateau » bleu, blanc, rouge. En rentrant, elle me fit fièrement faire le tour du quartier pour me présenter à ses voisins.

« Voici ma petite fille chérie, elle est belle, hein ! »

J'avais honte pour elle et je compris à cet instant qu'elle ne valait pas grand-chose, sans âme ni conscience. Pauvre femme dénuée de toute intelligence, elle ne se rendait même pas compte du mal qu'elle nous avait fait. Elle semblait avoir oublié ses abandons répétés.

Je la revis une seconde fois, après Noël. Elle me donna des étrennes avant de partir, sans savoir qu'elle ne me reverrait jamais plus.

De retour chez moi, Anne me vit avec mon billet de cent francs dans les mains, me l'arracha aussitôt en criant :

« Partage avec ton frère car dans la famille tout le monde te donne aussi. »

Quel mensonge !

Elle n'avait pas besoin de me le confisquer, je pensais déjà en donner la moitié à Nicolas. N'était-ce pas tout simplement de la jalousie ! Contrairement à ce qu'elle pensait, les visites chez ma mère n'étaient qu'une échappatoire pour m'évader de chez moi sans réprimande.

Le seul point positif fut pour moi de faire la connaissance de mes trois sœurs cette année-là. Le plus négatif fut mon échec scolaire en classe de quatrième. Très perturbée par la découverte de celle qui m'avait mise au monde, j'avais complètement négligé mes études. Il est vrai que mes résultats scolaires et mon comportement en classe laissaient à désirer.

J'étais devenue une élève insolente et fainéante parce que c'était le seul moyen de m'extérioriser, ne parlant à personne de tous mes problèmes, quels qu'ils soient.

Les vacances de la Toussaint allaient m'apporter encore bien des soucis.

Pour la première fois de ma vie je tombais amoureuse d'un garçon de 17 ans. Il s'appelait René. Comme j'étais souvent privée de sorties, je le voyais en cachette cinq minutes par jour, le temps d'un baiser.

Nos regards se sont croisés pour la première fois devant chez moi, sur la route menant à la casse auto où travaillait son père. Ce fut le coup de foudre ce jour-là quand il passa à mobylette. Nos embrassades ont duré deux mois. Le dernier jour des vacances, un dimanche, alors que j'étais chez Christelle, j'entendis la mobylette de René klaxonner. Je courrais aussitôt le rejoindre dehors, il me dit :

« Viens, je t'emmène dans ma cabane secrète sur la falaise. »

Réjouie et tout excitée je répondis immédiatement :

« Oui, oui, je vais prévenir ma copine. »

Christelle m'avait répondu « N'y vas pas, ça peut être dangereux pour toi ».

Sur le moment, je ne compris pas ce qu'elle voulait dire. Je partis quand même, j'avais tellement envie d'être dans ses bras. Il était si beau, avec ses yeux bleus, il ressemblait un peu à Elvis, je l'aimais tout simplement. Arrivés dans sa cabane, je découvris une petite pièce en bois avec de la paille bien confortable ainsi qu'un transistor pour mettre l'ambiance.

Il m'embrassa tendrement et posa ses mains sur moi, jusque-là tout était merveilleux. Puis il m'allongea par terre et commença à relever ma jupe. Je repoussais sa main délicatement mais il revenait à la charge de plus en plus brutalement ; je le regardais et il commença par dire :

« Laisse-toi faire, je ne te ferais pas mal.

– Non, arrête ! » protestais-je.

Il continua de se frotter contre moi et m'enleva ma culotte.

« Arrête », lui lançais-je encore.

Mais plus je me refusais, plus il s'acharnait, il me tenait et je ne pouvais plus bouger ; à cet instant il sortit son sexe et essaya de me pénétrer. J'étais terrorisée, je n'avais pas envie de faire ça. Crispée, je lui demandai une dernière fois d'arrêter, qu'à présent il fallait que je m'en aille.

À ces mots il me dit :

« De toutes façons, Mickaël surveille à la porte, tu ne peux pas sortir. »

Mickaël, son ami, nous avait accompagné, mais je pensais qu'il était reparti. La peur m'envahit de nouveau.

Il retenta de me pénétrer, j'avais mal, très mal. Je décidais que de toute façon il m'aurait par la force, le mieux était de se laisser faire afin que cela se termine le plus rapidement possible. Au bout de quelques secondes il se retira.

Je me levais la gorge serrée, les larmes aux yeux, dégoûtée et si naïve d'avoir cru en son amour. Je m'étais faite violer par le garçon que j'aimais.

Sortant de la cabane en pleurant, j'avais mal dans le bas du ventre. Une fois rentrée, aux toilettes, je découvris du sang dans ma culotte ; je pensais que c'étaient mes règles. J'appris bien plus tard que c'était parce que je venais de perdre ma virginité. Allongée sur mon lit, je pensais que plus jamais je n'aimerais un garçon.

Le lendemain, quand je racontais tout à Christelle, elle fut choquée ; elle avait raison, je n'aurais jamais dû y aller.

Un mois après, au collège, je demandais de l'aide à ma surveillante Sylvie, car nous parlions souvent toutes les deux et seule elle pouvait m'aider. Je lui expliquais mon retard de règles et ce qui m'était arrivé, elle fut aussi choquée. Avec l'accord de la direction, elle m'emmena à l'hôpital effectuer une analyse d'urine qui se révéla, hélas, positive. J'étais enceinte de quatre semaines.

Il fallait maintenant annoncer la nouvelle à mes nourriciers. Le collège appela l'assistante sociale qui s'occupait de moi à cette époque mais qui ne savait rien de moi (c'était un non-sens administratif). Le rendez- vous fut pris aussitôt, je m'en rappellerai toujours, nous étions en novembre 1984 et cet après-midi-là, à seize heures trente en rentrant à la maison, je découvrais mes nourriciers et cette assistante sociale assis autour de la table.

Je ne voulais plus rentrer à la maison. Arrivée à une intersection à vélo, je fermais les yeux et passais au feu rouge. Je voulais me faire renverser par une voiture et pensais qu'être morte serait mieux que de rentrer. Mais pas de chance, il n'y eut pas de voiture, juste une derrière moi qui me klaxonna pour que j'avance. J'aurais voulu me tuer autrement mais le courage me manquait. Je rentrais la peur au ventre mais il le fallait.

En franchissant le seuil de la porte, je pouvais voir Anne assise à côté de l'assistante sociale ainsi que Jacky. Anne me fusilla du regard, je savais à cet instant ce qu'elle pensait de moi. Elle me demanda de m'asseoir et de me taire.

Il fut décidé que j'avorterais, je me souviens avoir entendu « Un enfant ne peut pas avoir un enfant ». Quand l'assistante sociale partit, j'aurais voulu m'enfuir avec elle tellement j'avais peur de ce qui m'attendait. Anne me regarda et me lança à la figure :

« Tu n'es qu'une putain et toute ta vie tu le seras. »

Je me suis mise à pleurer, puis elle ajouta :

« Tu n'es pas prête de ressortir et d'avoir un copain, j'ai honte de toi, tu devrais aussi avoir honte de toi ». Pas besoin de me le dire pensé-je. L'ambiance à la maison fut terrible : plus de rires, de bavardages, le silence total.

Anne m'emmena chez le médecin dès le lendemain. En arrivant, elle lui dit :

« Savez-vous ce qui nous arrive docteur, elle est enceinte ! »

Le médecin prit rendez-vous à l'hôpital par téléphone, j'avorterai le quatre janvier à dix heures. Anne me conduisit à l'hôpital et me dit :

« C'est ma sœur Nicoletta qui viendra te chercher cet après-midi à quatorze heures. »

Quand ma tante arriva, je fus choquée car elle tenait dans sa main un sachet de bonbons pour moi. Mais un enfant qui tue un bébé ne doit pas recevoir de bonbons ! Je devrais être punie par Dieu.

J'avais honte de mon corps et de mon âme, je voulais mourir aussi.

De retour à la maison, Anne sans me dire bonjour et sans me demander comment j'allais me dit :

« Va te coucher. » Il était quinze heures.

Le lendemain, quand elle me réveilla de bonne heure pour me faire payer cette faute, elle instaura de nouvelles règles et me dit :

« Plus de sorties, de vêtements neufs, de desserts, d'anniversaire et de Noël pendant un an ou plus. »

J'acceptais, sans rien répondre, cette terrible punition. Alors que je me remettais doucement de ce choc émotionnel, Jacky continuait de me harceler sexuellement. D'ailleurs ce jour-là, je faisais tranquillement la vaisselle, lui à côté de moi, accoudé au meuble de la cuisine, quand il me regarda et me dit :

« J'aurais bien voulu que tu couches avec moi pour ta première fois.

– Mais tu ne m'auras jamais, tu comprends pas, tu me laisses tranquille, j'en ai marre de toi, je te déteste. »

Il me dégoûtait. D'un côté, sa femme me traitait de pute mais elle ne savait pas que son mari était pire que celui qui m'avait violée. Anne ne m'avait jamais parlé de la sexualité, certes c'était un sujet très tabou à la maison et je ne connaissais pas les dangers que je pouvais encourir, de toute façon, je n'avais même plus le droit de flirter avec un garçon.

Quand elle m'apercevait en train de tenir la main d'un copain, elle venait vers moi et me prenait par le bras pour que je rentre à la maison. Non seulement je ne faisais pas de mal et en plus elle me mettait la honte devant mes amis. Elle était en permanence derrière mon dos et ne me faisait jamais confiance.

Suite à mon avortement, toute la famille fut au courant, jusqu'aux voisins et voisines, amfa, collège et j'en passe. Si elle avait pu prévenir le journal télévisé, elle l'aurait sûrement fait.

Si cela devait arriver à l'un de mes enfants, personne ne le saurait, parce que l'on ne doit pas divulguer les moments néfastes d'une vie. J'espère que ça n'arrivera jamais à mes enfants car je leur enseignerai avec amour ce qu'est la prévention.

Cette mauvaise partie de ma vie je ne l'oublierais jamais et comme un malheur n'arrive jamais seul un autre allait me tomber dessus.

Nous avions depuis quatorze années une chienne, Fifi. C'était un berger allemand, elle était magnifique dans tous les sens du terme. J'adorais lui faire des câlins quand je rentrais de l'école. Elle nous apportait de la tendresse et du réconfort, nous avertissait des bruits extérieurs du jour ou de la nuit et nous protégeait de tout danger.

Elle dormait avec nous à la maison. En ces temps de bonheur, trois portées de chiots sont nées. C'était merveilleux de la voir s'occuper de ses petits. Ce fut une maman protectrice comme certains adultes ne savent pas l'être. À sa troisième portée, Jacky décida de ne lui laisser que deux chiots et de tuer les autres. Il les endormit à l'éther, les noya et les enterra dans le jardin.

J'ai souffert de l'avoir vu chercher ses petits dans le jardin. Elle pleurait à sa façon, inquiète, sachant qu'il lui manquait quelque chose de très précieux. J'ai pleuré moi aussi en la voyant, j'en voulais à Jacky. Pourquoi les avait-il enterrés dans le jardin ? Elle les sentait, j'en étais sûre.

Par la suite, Anne décida que Fifi ne vivrait plus dans la maison, parce qu'elle était sale et qu'il y avait des poils par terre sur le tapis de la salle à manger. Pauvre bête, condamnée à vivre au fond du jardin, enfermée à clé, dans un cellier la nuit.

Seule, loin de nous, j'étais moins rassurée, elle n'aurait pas pu nous prévenir d'un danger.

Nous lui donnions moins de câlins, moins d'attention, ce qui ne l'empêchait pas de nous protéger dans la journée. Il lui est même arrivé un jour de mordre les fesses du facteur qui s'était trop approché de la barrière.

Quand mon petit frère était dans son landau dehors, elle s'installait au pied et ne bougeait plus, si quelqu'un s'approchait, elle grognait pour exprimer sa présence en tant qu'ange gardien. Je lui disais souvent que je l'aimais. C'est drôle que l'on puisse autant s'attacher à un animal.

Hélas, Fifi nous a quittés quelques jours avant la nouvelle année. Jacky avait eu à cette période un petit accident de travail et se trouvait à l'hôpital pour soigner son œil. Son maître n'avait jamais quitté la maison ne serait-ce qu'une nuit, peut-être croyait-elle qu'il était mort ?

Elle décida, à partir de ce moment, de ne plus manger et de ne plus aboyer. Puis un matin en allant lui ouvrir la porte, je la vis qui ne bougeait pas. J'étais figée sur place, apeurée de la voir dans cet état rigide et sans vie. Je reculais, mon cœur battait très fort, les larmes coulaient, je n'arrivais pas à crier, j'avais trop mal. Elle était partie trop tôt, sans que nous ayons pu lui dire au revoir.

En courant dans l'allée qui me ramenait sur les marches de la maison, je criais très fort :

« Maman, maman, Fifi est morte, elle ne bouge plus.

– Non, non pas ça ! » cria Anne.

Mon frère accourut, n'y croyant pas un seul instant. Il pleurait, il criait. De le voir ainsi me peinait davantage. Nous restions inconsolables et il fallait apprendre la mauvaise nouvelle à Jacky qui était à l'hôpital. Nous décidâmes de ne rien lui dire avant qu'il ne rentre à la maison. Cela fut très dur pour nous de nous taire pendant vingt-quatre heures.

Quand Jacky rentra, il s'installa à table. Nous allions commencer à manger, quand soudain il demanda :

« Où est Fifi, elle ne m'a pas dit bonjour ? »

A ce moment-là, Anne, mon frère et moi, éclatâmes en sanglots.

« C'est pas vrai ? a-t-il dit. C'est pas vrai, elle n'est pas morte, pas ça. »

Je l'ai vu pleurer pour la première fois. Il l'avait choisie, recueillie, nourrie et aimée. C'était un être cher.

En l'absence de Jacky, un voisin et mon frère avaient pris soin de l'enterrer dans un grand drap blanc au fond du jardin. Je me souviens avoir regardé derrière la fenêtre de la chambre d'Anne. J'avais peur d'y aller, je préférais la voir une dernière fois mais de loin, peut-être parce que je n'acceptais pas qu'elle soit partie.

Avec le temps, nous nous en sommes tous remis certes ! Mais jamais nous ne l'oublierons car elle faisait partie de notre vie.

Adieu, Petit Ange Gardien !

Je t'aime !

Après cette année triste en évènements : harcèlement, avortement, la mort de mon chien, etc., la nouvelle année s'annonçait plus agréable. Je partis même en classe de neige avec le collège. C'est Jacky qui m'emmena au train, Anne n'en ayant aucunement l'intention.

Me retrouver loin de mes nourriciers nous permettrait à tous de souffler, d'autant plus qu'Anne était très heureuse de me voir partir, à la maison, elle se désintéressait totalement de moi. Pendant ces huit jours, je ne serais plus qu'une jeune fille de quatorze ans et demi comme les autres.

Mon séjour fut merveilleux, je me laissais aller, je profitais de chaque instant, malgré quelques petits soucis vestimentaires. Anne n'ayant pas souhaité investir dans une combinaison de ski, j'en empruntais une à une amie.

Un après midi, alors que je skiais en jean, après trois ou quatre gamelles, mon pantalon était trempé, mon moniteur décida de m'interdire de skier dans cette tenue inadéquate. En rentrant au chalet et en voyant que ma salopette n'était pas sèche, je fus très déçue, car je ne pouvais pas y retourner.

À cet instant, seule dans ma chambre, j'en voulais à Anne de ne pas avoir participé aux achats vestimentaires, alors que le séjour était payé par la DDASS. Elle n'avait rien fait afin de rendre mon séjour agréable.

Au bout de quelques jours, je décidais de les appeler ; ils me manquaient, mais pas de chance ce soir-là, personne ne répondit.

Déçue, à cet instant un petit pincement au cœur se fit ressentir.

Mon séjour à la neige terminé, de retour à la maison en compagnie de Jacky, je m'attendais à un accueil plus chaleureux, mais ce ne fut pas le cas, comme d'habitude. J'ai demandé le soir à table :

« Je vous ai téléphoné, mais personne n'a répondu, où étiez-vous ? »

Elle me répondit sèchement :

« Nous aussi, on a le droit de sortir, nous sommes allés au restaurant, c'est interdit ?

– Non » lui ai-je répondu à voix basse. J'étais vexée.

Ils avaient profité de mon absence pour aller dîner en famille, sans la fille de la DDASS.

Mon retour à l'école fut lui aussi assez pénible. Ce jour-là, ayant deux heures de sport, Anne m'obligea à porter un slip de garçon à rayures bleus et blanches, qu'elle venait d'acheter à Nicolas.

« Non, je ne veux pas mettre ça.

– Si, ils sont trop petits pour ton frère, je ne veux pas les perdre. »

Arrivée à la salle de sport, dans le vestiaire des filles, il était inimaginable que je me déshabille et que l'on me voie dans cette tenue, j'aurais été la risée de tous ! Je ne pouvais expliquer à mon professeur ce que ma nourrice m'obligeait à porter, quelle honte pour moi ! Je décidais donc de faire n'importe quoi pour me faire exclure du cours ; j'obtins même une heure de colle en prime.

Imaginez s'il m'était arrivée un accident de vélo en rentrant de l'école, qu'auraient pensé les pompiers de moi, eux aussi !

Malgré tout cela, un évènement agréable s'annonçait : 1985, un plus dans ma vie.

Anne, à force de répéter dans tout le quartier que j'avais avorté en début d'année, commença à se rendre compte que les gens ne la regardaient plus du même œil. Avec le consentement de Jacky, ils prirent la décision de vendre la maison et d'aller vivre ailleurs, peut-être pour une vie meilleure.

Ils trouvèrent un appartement très grand et spacieux au Mont Gaillard, un autre quartier du Havre. C'est vrai que pour gagner beaucoup d'argent avec les enfants, il faut de la place.

J'allais enfin avoir, pour mes quinze ans, une vraie chambre avec moquette toute douce, un joli papier bleu fleuri, une vraie fenêtre avec des volets. J'étais aux anges, je découvrais mon premier petit « chez moi ».

Désormais, personne ne passerait par ma chambre pour aller de la cuisine au jardin. À présent, j'aimais être seule, restant de longues minutes allongée sur mon lit, j'écoutais le silence autour de moi, c'était beau. Enfin un endroit intime où je pouvais penser, rêver et pleurer sans peur d'être dérangée.

Mon année de quatrième se termina par des résultats scolaires pitoyables. Il m'était donc impossible de passer en troisième. Les professeurs décidèrent que le mieux pour moi serait de faire un CAP. Par chance, je fus prise à Germaine Coty au Havre pour un CAP d'employée de collectivité. Je savais maintenant qu'à la prochaine rentrée je changerais d'école et j'en mourais d'envie.

Les vacances d'été approchaient mais il ne fallait pas oublier que j'étais privée de sorties pendant un an. Donc, pas de chance cet été, grosse chaleur et beau temps en permanence, pendant que les copines allaient à la plage, je devais garder mon petit frère.

Le pire, c'est que chaque week-end nous allions à Brionne, là où mes nourriciers avaient fait l'acquisition d'un grand terrain avec une caravane. Je passais mon temps à ramasser l'herbe que Jacky coupait avec le coupe-bordure, ensuite je la déposais avec la brouette le long du talus qui nous séparait des terrains voisins. Le soir, j'écoutais la radio dans le lit pliant de la salle, je m'ennuyais à en pleurer, ce n'était pas la joie, vivre comme une vieille, pendant que mes amies jouissaient de leur adolescence.

Il m'arrivait d'avoir de la haine vis-à-vis d'Anne pour les vacances qu'elle m'offrait. Seules les minutes que je passais à table me plaisaient, ainsi que les pauses bronzage. N'oublions surtout pas les grandes balades en solitaire, dans le grand bois, derrière les terrains, où je me ressourçais quand mon moral descendait à zéro.

Je regardais les arbres, je sentais la nature, j'écoutais le crépitement du bois et des feuilles sous mes pieds. Ce paysage n'envoûtait, je retrouvai la sérénité perdue ailleurs. C'était l'apothéose. Seule, la nature et moi nous ne faisions qu'un. J'aurais voulu m'y perdre et ne plus jamais en ressortir.

Enfin, le week-end passé, vers dix-huit heures, nous reprenions la route vers la maison. J'adorais retrouver ma chambre, mon univers rien qu'à moi. « Est-ce que demain j'aurais le droit de sortir ? » pensais-je. Eh bien, non, il fallait encore et encore que je m'occupe de mon petit frère.

Cette semaine, gros nuage de colère au-dessus de notre toit. Encore une dispute entre Monsieur et Madame. Jacky ayant donné des fleurs à mettre en terre à ma tante préférée, allait s'en prendre plein la tête pour sa générosité. Anne le traita et en profita pour insulter ma tante de « putain ». Était-ce par jalousie ou tout simplement parce qu'elle ne l'aimait pas ? De toute façon elle n'appréciait pas grand monde, sauf sa propre famille et c'était déjà beaucoup. Il y eut des fêtes sympathiques à la maison, quoique rares, et souvent à l'initiative de Jacky. Avant que la famille arrive, Anne lui disait :

« Surtout, on ne les garde pas à manger. »

– Oui, oui », répondait Jacky.

Et c'est à peine l'apéro fini que Jacky proposait :

« Vous restez à manger ? »

Et il insistait tant et si bien que la famille finissait par accepter.

Je pouvais voir Anne bouillir de colère dans la cuisine, mais moi j'étais heureuse d'avoir du monde à la maison. On pouvait s'amuser. C'est sûr qu'après la soirée Jacky se faisait parfois disputer mais il s'en moquait.

Je me suis souvent demandé pourquoi il ne se mettait jamais en colère. De toutes façons, il était trop peureux et sans force de caractère pour réagir. Jacky était plutôt un homme cool, proche de la nature et simple à vivre. On ne peut pas dire qu'au niveau intellectuel cela volait haut. Rares étaient les discussions autres que sur son travail et sur la maison.

Anne, elle, à part les enfants, les repas, le tricot et la couture, n'avait pas non plus la prétention d'aller converser avec des gens de la haute société, comme on dit.

Leur culture générale n'était pas très élevée. À part m'apporter une éducation correcte et rigoureuse, me faire devenir une jeune fille cultivée et intelligente ne faisait pas partie de leurs priorités. La sœur d'Anne, elle, se situait bien plus haut sur un piédestal. Elle et son mari ont toujours pensé et dit de moi que j'étais gentille mais bête. Je ne pouvais évoluer dans ces lieux austères, dépourvus de chaleur humaine et d'éveil à la connaissance. En laissant de côté l'intelligence, la sensibilité, elle, existait vraiment à la maison.

Un après midi, alors que Jacky et Anne s'étaient encore fâchés pour une broutille, nous ne trouvions plus Jacky dans l'appartement. Anne me demanda d'aller voir à la cave si mon père y était. En arrivant devant la cave, je découvris avec stupéfaction Jacky, par terre, une corde autour du cou. Il l'avait accrochée au plafond mais elle venait de craquer. Je compris à cet instant qu'il avait essayé de se pendre, mais en vain.

« Qu'est ce que tu fais, papa ?

– Rien, laisse-moi. »

Je repartis triste, j'avais mal pour lui. Ce n'était pas la première fois qu'il essayait de se pendre. Sa première tentative s'était déroulée dans notre première demeure. Était-ce un appel au secours ?

Jamais il ne nous en parla et jamais, je n'en connus les raisons. Ce n'était certainement pas mon rôle de le réconforter mais en temps qu'enfant, j'aurais voulu l'aider et l'écouter. Même si cet homme m'ennuyait quelquefois par ses comportements incestueux, je l'aimais malgré tout.

Les vacances s'achevaient et j'avais hâte d'aller dans ma nouvelle école et de prendre le bus, enfin seule, afin de sortir de chez moi.

Chapitre 3

Ma rentrée en première année de CAP fut merveilleuse : des professeurs sympathiques, des nouvelles copines et un travail intéressant en perspective.

Je fis à ce moment la connaissance de Sandrine, sans savoir qu'elle deviendrait après Nono ma deuxième meilleure amie. Elle était mignonne, gentille et intelligente. On se marrait en permanence pendant les cours de ménage, de cuisine et autres. On s'éclatait vraiment.

Comme par miracle, j'eu le droit de sortir plus souvent. Mes sorties ne se faisaient qu'avec elle. On se baladait au bord de la mer, on allait chez ses amies et on faisait les magasins. J'obtins même le droit de dormir chez son père où elle vivait, ses parents étant divorcés. Elle traversait elle aussi des périodes douloureuses, qu'elle n'osait raconter à personne.

Combien de fois elle me paya mes sorties parce qu'Anne ne me donnait pas d'argent de poche tout en sachant que là où j'allais il fallait payer. Cette fille avait le cœur sur la main ; elle me prêtait, elle aussi, des habits pour que l'on ne se moque pas de moi à l'école.

Je me souviens d'une journée d'école buissonnière où le matin même nous étions dans un bar du Havre. Ce jour-là, Anne m'avait imposée de porter un manteau noir avec de la moumoute blanche dedans (manteau qu'elle avait confectionné elle-même). Je pris la décision de le laisser sur le portemanteau du bar. Je passais toute la journée en tee-shirt alors qu'il faisait froid. Le soir, avant de remonter chez moi en bus, je passais récupérer ce manteau qui, hélas, était toujours là.

Le fait de s'amuser toute la journée toutes les deux ne nous empêchait pas de bien travailler à l'école. Cette première année passa très vite et sans trop d'ennuis pour moi.

L'année suivante, je passais en deuxième année sans problème, mon niveau était plutôt bon. J'obtins même mon Brevet des Collèges car nous avions la chance de pouvoir rattraper le niveau que nous devions normalement avoir en troisième. Enfin un premier petit bagage dans les mains !

Et dire qu'Anne me traitait et me disait que je n'aurais jamais de diplômes, je lui prouvais enfin le contraire. Je ne reçus aucun encouragement de leur part pour cet évènement important à mes yeux. C'était pour moi le commencement d'une réussite future ; dès à présent, j'étais capable de devenir quelqu'un de mieux que ce qu'ils pensaient tous de moi.

Je venais d'avoir seize ans et cet été, je partais en stage de BAFA, au Château du Tilleul à Etretat. J'effectuais la première partie avec dix-sept autres jeunes. C'était génial, nous avions un grand château pour nous tout seul (chaque endroit, chaque pièce avait son charme), c'était comme lire une histoire à travers ces murs. J'aurais aimé l'habiter avec ma future famille plus tard, mais je crois qu'il faut être riche pour cela. J'ai passé sept jours merveilleux là-bas, loin de mes nourriciers.

J'étais heureuse dans cet endroit. Derrière le château, il y avait un grand parc avec des arbres gigantesques ; cette verdure, ce paysage grandiose était en quelque sorte un paradis où il faisait bon vivre. Dès les cours terminés, je m'y réfugiais, zen ; j'y rêvais d'une vie meilleure.

Mais hélas, les bonnes choses ont une fin. Le stage fini, il fallait rentrer à la maison, où la vie de Cendrillon m'attendait. De plus mes nourriciers ne sont pas venus me chercher, ce sont les beaux-parents de mon frère Nicolas qui ont fait la route. Qu'ont-ils pensé d'Anne et de Jacky, peut-être qu'ils n'avaient pas de temps à perdre pour moi ?

Je reçus, un mois plus tard, ma première partie de BAFA, précisant que la seconde se déroulerait six mois plus tard. Je n'ai pas pu l'effectuer car ni la DDASS, ni Anne, n'ont voulu subventionner la suite.

Je sortais à cette époque avec Marc, un homme marié de dix ans mon aîné. Cela faisait six mois que l'on s'aimait. Lui, ça n'allait pas dans son couple et moi, j'avais craqué pour lui. J'ai essayé plusieurs fois de le quitter mais notre amour était trop fort et personne ne pouvait nous séparer. Je décidais d'attendre le temps qu'il faudrait pour qu'il quitte sa femme.

Ils avaient une petite fille d'un an, Lili, belle et merveilleuse. Il m'arrivait parfois de la garder, elle et l'enfant de leurs amis quand ils sortaient tout le week-end. J'adorais m'occuper de ces deux petits bouts de chou, c'est si beau d'être avec des enfants, d'entendre leurs rires, de vivre avec eux dans l'innocence. Ils m'apportaient cette joie de vivre qui me manquait tant.

En dehors de la maison, entre mon amoureux, l'école et mes gardes d'enfants, la vie me souriait. Mais une fois rentrée, tout recommençait.

Un soir, alors que je lavais la vaisselle, pendant que Jacky un peu saoul mangeait sa soupe et qu'Anne prenait son bain, Jacky me regarda et me demanda :

« C'est quand qu'on page ensemble ? »

Je ne savais pas ce que cela voulait dire mais j'en déduisis que cela signifiait « coucher » ou « baiser ». Mauvaise, Je le regardais et lui répondis :

« Tu es mon père je t'aime comme on aime un père, tu n'es pas mon ami, tu es vieux, moche et ridé. »

Il me dégoûtait. Il reprit :

« Cela n'empêche rien, j'ai quand même envie de coucher avec toi. »

Anne, qui avait dû écouter aux murs, arriva en peignoir mouillé dans la cuisine.

« De quoi parliez-vous ?

– Papa me disait qu'il fallait que je travaille bien à l'école. »

Je lui mentais pour nous protéger. Sur ce, elle m'envoya dans ma chambre me coucher. Après un instant, je ne sais pas ce qu'ils s'étaient racontés, mais elle est revenue me gifler violemment. Elle me traita de traînée, mais j'avais l'habitude. Ce soir-là j'aurais voulu m'enfuir loin d'ici, aller à la police, mais de peur qu'ils me ramènent chez moi et que je prenne une autre raclée, je faisais avec et de toute façon qui m'aurait crue ?

Je me rappelle avoir osé crier que je voulais partir, elle m'a répondu que ma valise était prête. J'avais perdu d'avance. Elle était forte cette femme. Comme j'en avais peur, elle le savait et elle en jouait. Mais moi je n'en pouvais plus, j'aurais souhaité encore une fois que la mort vienne me chercher.

Quelques semaines plus tard, par une belle journée, Anne me proposa de faire un dessert, du riz au lait, toute seule, chose que je fis avec enthousiasme. D'ailleurs, il était si bon que tout le monde en mangea le soir même.

Au bout de sept jours, Anne qui tricotait sur le balcon, assisse sur sa chaise pliante, m'appela.

« Va me chercher le tupperware jaune, de riz dans le frigo et ramène-toi avec.

– Oui, maman. »

Quand j'ouvris la boite, je constatais de grosses tâches de moisissures gentiment installées.

Berk ! Cela sentait en plus mauvais.

Elle m'obligea, debout devant elle et devant les balcons voisins à avaler chaque cuillère et me dit :

« Si tu vomis, tu ravales. »

Je pleurais mais j'obéissais. Et à l'idée que les voisins pouvaient voir cette scène j'avais honte. Mais m'auraient-ils aidée pour autant ? Dans ma tête je la haïssais. J'aurais pu la tuer si on m'avait prêté une arme, je l'aurais fait j'en suis sûre. A force de vouloir mourir depuis mon enfance, cela changeait, maintenant je voulais la voir mourir, elle.

Malgré tout, je lui pardonnai toujours. Le proverbe « Qui aime bien, châtie bien » m'allait comme un gant. Jamais quand elle levait la main sur moi je ne répondais, jamais je ne m'en allais. Je restais là à prendre les coups, je pensais que j'en prendrais moins en restant sur place. Que de faiblesse dans mon corps et dans mon âme.

Quand, le lendemain, je racontais cela à mon amie Sandrine, elle disait :

« Ta mère est une sadique et une salope, ton père est un pédophile. »

Mais je lui demandai de ne rien dire à personne. Elle était toujours là pour m'écouter et me réconforter. Jamais elle ne m'a trahie, elle. Je l'adorais et aujourd'hui encore c'est ma meilleure amie avec Nono. Ces deux filles, si elles n'avaient pas été présentes dans ma vie, je crois que je ne serais plus de ce monde maintenant.

Elles ont fait un bout de chemin avec moi, de belles après-midis de rigolade. Elles me disaient, chacune leur tour, que plus tard je serais heureuse, que cela ne durerait pas toute la vie d'être ennuyée, rabaissée comme je l'étais.

Elles m'ont donné toutes les deux de l'espoir et elles ont eu raison pour mon devenir de femme. Je ne les oublierais jamais, elles font partie de ma vie et surtout des meilleurs moments que j'ai eu dans mon enfance et mon adolescence.

Merci, les filles, je vous adore !

Après un été mouvementé, Noël approchait. Anne savait que cette année pour mes seize ans je rêvais d'avoir des spots, je fouillais donc dans les placards de sa chambre. J'y trouvais des paquets dont la grosseur et la largeur correspondaient à celle d'une boite de spots. Folle de joie, je m'empressais de le raconter à l'école à mes amies.

Seulement quand le soir de Noël arriva et que j'ouvris mes paquets, catastrophe, mes spots s'étaient transformés en un horrible attaché-case noir et gris d'homme d'affaires. Sur le moment, j'aurais voulu le balancer et pleurer quand elle me lança :

« C'est chouette pour aller à l'école ! »

Abasourdie, je voulais me réveiller et m'apercevoir que ce n'était qu'un cauchemar, dire que la mode à cette époque c'étaient les sacs U.S.

Cadeau de consolation : une écharpe toute douce, c'est vrai qu'en hiver on en a besoin, mais était-ce vraiment un cadeau de Noël ?

Je venais de vivre le Noël le plus pourri. Le pire est que je dus trimbaler ce cadeau empoisonné chaque jour d'école. Je pleurais souvent en prenant le bus, il était si horrible mais si léger. Pourtant pour démystifier le problème, je lui avais trouvé un coté fort sympathique, je m'en servais de luge dans la côte de l'école à la grande joie de mes copines. J'ai essayé plusieurs fois de l'abîmer mais en vain, il était trop solide pour moi.

Un matin, en plus de ma valise Anne m'obligea à mettre un blouson moutarde, couleur qui n'était plus à la mode. Il fallait le finir, elle l'avait acheté à mon frère trois ans auparavant. Ensuite, pour couronner le tout, j'eus le droit de porter des après-skis beiges alors qu'il ne neigeait pas ce jour-là. Je partis de la maison en pleurant. Une fois dans le bus, honteuse de ce déguisement ridicule, je devais encore affronter le regard moqueur de tous ces gens. Je lui en voulais à en mourir, mais j'obéissais une fois de plus.

J'en ai pleuré des jours à cause de cet attaché-case mais aujourd'hui quand j'y repense un petit sourire me vient aux lèvres. Le plus amusant dans l'histoire, c'est qu'il m'a servi de range-papiers bien des années plus tard.

Quelquefois, la chance tourne. Un après-midi, en revenant de la banque Anne déposa une liasse de billets de cent francs sur la table de la salle. Pour plaisanter je la mis dans mon soutien-gorge, cela la fit rire. C'est alors que le soir, en me déshabillant dans ma chambre, un billet tomba de mon Tee-shirt. Quelle surprise ! Sur le coup, prise de panique, je me demandais quoi en faire : le garder ou le lui rendre ? Tout bien réfléchi, si je le rendais maintenant, pour elle je serais une voleuse. Je décidais de le dépenser à bon escient. Elle ne s'en rendit jamais compte, et de toute façon ce ne fut qu'un prêté pour un rendu !

Quelques mois plus tard, Anne devait se faire opérer d'un problème gynécologique, elle demanda à la DDASS si, vu mes dix-sept ans, je pourrais pendant son absence m'occuper d'André, sous la surveillance de Jacky. Anne m'estimait capable de tenir la maison ainsi que de préparer les repas pour Jacky, Nicolas et André.

Même si j'étais fatiguée, j'assumais très bien mon rôle de maman, fière de montrer à Anne que je pouvais lui rendre un grand service, d'ailleurs, elle en fut, elle aussi, très fière par la suite.

Cependant, Jacky ne perdit pas de temps pour m'ennuyer encore. Un après-midi, il s'était déshabillé et me poursuivit dans le couloir. Prenant peur, je m'enfermais dans la salle de bain jusqu'à ce qu'il cesse de m'importuner. Il m'appelait derrière la porte et me disait :

« Sors, je ne te ferai pas de mal, je veux juste que tu me touches le sexe. Moi, je ne te toucherais pas, c'est promis. »

Je n'en pouvais plus, je ne pouvais pas crier au secours, il n'y avait personne pour m'aider, alors je suppliais Dieu pour que tout cela cesse. Au bout de quelques minutes, j'entendis la porte d'entrée claquer. Nicolas rentrait, il avait fini plus tôt que prévu. Ouf ! j'étais encore une fois sauvée. Je sortis de la salle de bain et repris mon souffle comme si de rien n'était.

Je profitais de son inattention pour filer dehors et me réfugier sur une petite butte de terre à cent mètres de la maison, afin de penser et de vider mon esprit de toutes ces images sales qui me hantaient. À ce moment je pensais que s'il avait réussi à aller jusqu'au bout, j'aurais pu devenir lesbienne à cause de lui. Je remercie le Bon Dieu de m'avoir épargné de ce qui aurait pu m'arriver si Jacky avait été plus convainquant et méchant. Il manquait de courage, ce qui l'empêchait d'aller plus loin, heureusement pour moi car si j'étais faible, il l'était davantage.

Je me demande pourquoi je cachais tout cela, pourquoi je le protégeais malgré moi de ces actes interdits ?

Ce n'était surtout pas le moment d'en parler à qui que ce soit, car Anne étant à l'hôpital, elle n'aurait pas été aussi fière de moi, si j'avais échoué dans ma mission de gouvernante.

Comme lui seul savait que je sortais avec Marc, il en profita un après-midi alors que j'étais en voiture avec lui pour me dire :

« J'ai pris ta plaquette de pilules et je te la rendrais quand tu pageras avec moi.

– C'est pas possible, tu vas me lâcher les baskets avec ça ! Je t'ai déjà dit que je ne t'aimais pas, j'en ai marre, je vais le raconter à mon ami ! »

Il ne répondit pas.

De quel droit s'était-il permis de me prendre ma pilule, il savait que je ne pourrais plus avoir de rapports avec mon ami. Je suis descendue de la voiture et je lui ai dit :

« Si ce soir elle n'est pas à sa place, j'en parle à maman. »

Qu'est-ce que je pourrais bien lui dire à Anne pensais-je ! « Tu sais maman, papa m'a pris ma pilule et il ne me la rendra que si je couche avec lui, qu'en penses-tu ? »

Il était inconcevable d'en parler à Anne, j'étais une fois de plus seule face à cet obsédé sexuel. Mais comme par miracle, le soir venu ma pilule était revenue à sa place.

Une autre brimade allait me tomber dessus. Un soir alors que je prenais mon bain, Anne entra et cria :

« Ça va pas, tu as mis trop d'eau, c'est pas toi qui payes la facture ! »

À partir de ce jour, je n'eus plus accès à la salle de bain familiale. Je disposais maintenant d'un petit cabinet de toilette sans fenêtre, d'un mètre carré avec un petit lavabo. Cela sentait l'humidité et faire sa toilette n'était plus une partie de plaisir : pas facile de se laver les cheveux dans un petit lavabo.

Alors que la petite famille avait droit à l'espace et un bain chaud journalier, moi je me contentais d'un gant de toilette à rincer plusieurs fois. Il m'était tout de même permis de prendre une fois par mois un bon bain chaud afin de me décrasser correctement et surtout d'apprécier d'immerger tout mon corps dans l'eau.

Par la suite, elle me donna en fin de mois de quoi acheter mes propres produits d'hygiène : dentifrice, shampooing, etc. Je pense qu'elle le déduisait de mon argent de poche, celui-ci ayant diminué.

Plus le temps passait, plus je me sentais la pestiférée de la famille, du moins la petite boniche nourrie, logée, juste ce qu'il faut, pas plus, ce serait du luxe !

Enfin, la vie continuait. Dans la même année, la femme de Marc ayant découvert notre liaison, nous décidions de ne plus nous voir pendant six mois. Lasse de l'attendre, je l'aimais de moins en moins et j'avais moi aussi besoin d'amour. D'aventures en aventures, je rattrapais le temps perdu et souhaitais même quelquefois que son couple aille mieux.

J'en profitais pour passer de bons moments avec mes amis le week-end, car je m'évadais de chez moi de plus en plus souvent.

Un soir, je décidais de m'éclipser une fois de plus par la fenêtre, pour rejoindre Sandrine en boîte de nuit. Vers vingt-deux heures trente, heure à laquelle je devais être endormie habituellement, j'avais gardé mon jean et mon pull sous ma chemise de nuit. Anne entra dans ma chambre et me demanda :

« As-tu des magazines *Parents* à lire ?

– Oui, ils sont dans mon secrétaire, prends-les. »

Ouf, elle ne remarqua rien de ma tenue.

Elle repartit se coucher, j'avais eu de la chance de ne pas être sortie avant qu'elle ne vienne me voir. Vers vingt-trois heures, j'ouvris ma fenêtre, mes volets, j'escaladais le mur, et la peur au ventre j'allais jusqu'au bout de mon idée. Insouciante et inconsciente peut-être, je marchais pendant plus d'une heure, en pleine nuit, pour atteindre la boîte de nuit où Sandrine m'attendait.

Nous passâmes une très bonne soirée. Ereintée d'avoir marché et dansé, il fallait maintenant rentrer à pied. C'est alors qu'arrivant devant ma fenêtre, je constatais avec effroi que les volets étaient entrouverts, ainsi que la porte de ma chambre. Au moment où je grimpais, je vis avec stupeur une masse cachée sous ma couverture. « Était-ce Jacky ou Anne avec un fusil ? », pensais-je. J'eus la peur de ma vie, mais en fait ce n'était que Weeped, le chien de Nicolas qui s'était réfugié dans mon lit. Je me couchais le cœur palpitant. Si Anne s'était levée cette nuit-là, elle aurait remarqué que ma chambre était éclairée par les lampadaires de dehors. Je n'ose imaginer ce qui se serait passé si je m'étais faite prendre. Je pense qu'un ange gardien veillait sur moi en ces moments-là.

Je suis ressortie une autre nuit, au cours de cette semaine-là, et un couple de jeunes bien gentils m'a vu seule dans la rue à une heure tardive et m'a demandé où j'allais. Ils ont préféré faire un détour pour m'emmener à destination afin qu'il ne m'arrive rien.

Quelques temps plus tard, je prenais une mise à pied de trois jours pour comportement insolent envers un professeur, qui me titillait trop souvent les nerfs. Arrivée au jour J, je réussis avec talent à intercepter, dans la boite aux lettres à l'aide de deux grandes aiguilles à tricoter l'enveloppe qui contenait mon renvoi.

Pendant trois jours, je me levais à la même heure que d'habitude et au lieu d'aller à l'école je me rendais chez Sandrine à Bléville. J'y faisais le travail demandé par le professeur et je rentrais aux heures habituelles. Anne n'y vit que du feu. Encore merci mon petit ange gardien.

Un soir où j'allais chez un ami dans l'immeuble voisin (sans savoir qu'il deviendrait plus tard mon mari), j'entendis du bruit dehors, mais trop occupée à faire un câlin, j'aurais pu, si j'avais regardé par la fenêtre, m'apercevoir que l'on cambriolait ma chambre.

Cette bande de jeunes semblait savoir qu'il m'arrivait de faire le mur en laissant la fenêtre ouverte et fermant juste les volets. Heureusement que ce jour-là j'étais sortie par la porte avec l'accord d'Anne car en rentrant vers vingt-trois heures, je m'aperçus que ma porte était fermée de l'intérieur.

Nous appelâmes la police qui constata le vol mais ne put rien faire. C'était hélas bien la bande de voleurs à laquelle je pensais, une amie me le confirma plus tard. Anne profita de cette opportunité pour gonfler au maximum la déclaration auprès de l'assurance. Elle réussit à se faire rembourser plus de sept mille francs et ne m'en donna que cinq cents, une misère par rapport à ce que je venais encore de lui faire gagner.

Courant avril, j'appris par un membre de ma famille qu'Anne souhaitait vivement mon départ. Lors d'une discussion avec ma grand-mère celle-ci lui avait dit :

« Carole va bientôt avoir dix-huit ans, je ne serais plus payée par la DDASS, il me faut la remplacer. »

Ma grand-mère, choquée par ses mots, lui rétorqua :

« Si tu n'en veux plus, moi je la prends sous mon aile. »

Anne, très gênée de cette remarque coupa court à la conversation.

Moi, de mon côté, je décidais de prendre les choses en mains. J'entendis parler d'un concours d'auxiliaire puéricultrice qui devait se dérouler au mois de mai. Je décidais de tenter ma chance tout en continuant ma dernière année de CAP d'employée de collectivité, dont j'obtins le diplôme avec mention bien. Toujours aucun encouragement de la part d'Anne bien sûr !

Grâce à mon amie Sandrine, je trouvais aussitôt du travail dans une maison de retraite. Par la même occasion, j'ouvrais un compte bancaire et y déposais mon premier vrai salaire, pressée de mettre de l'argent de côté afin de prendre au plus vite mon indépendance, Anne ne souhaitant pas me garder au sein de sa famille.

Un mois après mes dix-huit ans, Marc me proposa de vivre avec lui. Sa femme était partie car ça n'allait plus du tout entre eux. Anne fut heureuse de pouvoir se débarrasser aussi facilement et de me remplacer aussitôt sans perdre d'argent. J'étais contente mais je pense que ce ne fut pour Marc comme pour moi qu'une issue de secours à nos problèmes de vie respectifs.

Chapitre 4

Pour ma majorité la vie me souriait. J'avais un appartement, un travail et un homme à la maison. Sur le plan affectif, Marc et moi vivions heureux, nous gérions tant bien que mal notre budget mais nous nous en sortions.

Au mois d'août, je reçus une lettre très importante, celle-ci concernait le concours d'auxiliaire passé en mai. Sur deux cents candidats seuls dix-huit étaient retenus et à ma grande joie j'en fis partie, certainement grâce à ma lettre de motivation qui mentionnait haut et fort que j'aimais les enfants. Ce courrier précisait que la rentrée serait pour début octobre et qu'il fallait dès à présent penser à acheter deux tenues d'auxiliaire. Dès sa réception, et malgré la possibilité d'obtenir un CDI, je ne remis jamais les pieds à mon ancien travail. J'étais aux anges, j'eus même du mal à y croire.

Cette année d'école comportait huit stages en pédiatrie et deux examens, un théorique et un pratique pour acquérir le diplôme final, que j'obtins avec une note de 40,80 sur 80.

Pour moi, ces douze mois furent très durs, car sur le plan études, je n'avais qu'un niveau CAP comparé aux autres filles, qui elles avaient un niveau terminale ou bac. Par contre, pour les cours pratiques, je fus la meilleure.

Je me souviens avoir appelé Anne la première, espérant des félicitations de sa part, mais comme d'habitude j'étais la seule à être fière de moi.

Mon diplôme en poche, je décrochais rapidement un remplacement d'un an dans une crèche au Havre. J'y avais effectué un stage et il faut préciser que j'avais harcelé gentiment la directrice pour obtenir cette place. Cela me fit beaucoup de bien car depuis quelques temps ça n'allait plus très bien entre Marc et moi.

Il devenait pénible, j'en avais marre de son comportement jaloux et égoïste. Au mois de décembre, lors d'une dispute je partis de chez nous en chaussons sous la neige. J'allais le cœur en larmes trouver refuge chez mes nourriciers, où je restais le temps de retrouver un appartement. J'étais très mal à l'aise de retourner chez Anne mais elle fut gentille de m'aider. Je me débrouillais pour être le moins possible chez eux, pour ne pas les déranger.

Un après-midi, comme je n'étais pas très loin de chez Laurent, un ancien ami, je demandais à tout hasard à ma cousine de m'y accompagner pour nous faire offrir un café. Arrivées toutes deux devant sa porte, je pris soudain peur de le déranger car je savais qu'il avait souvent des visites féminines. Je voulais rebrousser chemin quand ma cousine prit la décision de sonner à mon insu. Stupéfaction, la porte s'ouvrit aussitôt.

« Bonjour, je ne te dérange pas, on passait par là pour te dire un petit bonjour.

– Entrez donc, je suis seul, vous ne me dérangez pas du tout. »

Je le retrouvais égal à lui-même comme deux ans auparavant. Nous avons pris un café tous les trois, quand il nous a proposé d'aller faire un tour à la plage. Je me rappelle avoir été un peu gênée. Ma tenue ne me mettait pas du tout en valeur : un survêtement et un gros pull. Je faisais plutôt garçon manqué.

J'étais heureuse de le revoir. Si ma cousine n'avait pas sonné ce jour-là, je serais passée à côté d'une belle histoire d'amour (merci cousine !). Un mois plus tard, j'invitais Laurent dans mon nouvel appartement et il me proposa son aide pour la décoration. Je me sentais bien auprès de lui, on se voyait tous les week-ends, soit chez lui, soit chez moi.

Pendant la semaine, il partait travailler à Paris et moi à la crèche. Je vivais chez lui tout en gardant mon appartement encore un an au cas où ça ne marcherait pas entre nous. Par la même occasion, je le prêtais à un ami pour le dépanner. J'appréciais ce style de vie car nous n'étions pas sans arrêt l'un sur l'autre.

Laurent était et est resté un homme bon, généreux et respectueux, malgré un début parfois difficile. Il ne me demandait aucune participation financière et m'encourageait à mettre mes salaires de côté. Cela ne m'empêchait pas de lui faire de temps en temps des petits cadeaux. Dire qu'avant je donnais tout mon argent à mon ami ! Que de changements positifs.

Je fis assez rapidement la connaissance de sa fille Vanessa, âgée de sept ans de moins que moi et issue d'un premier mariage. Elle vivait chez sa mère et passait un week-end sur deux avec nous. Au début, jalouse de voir cette jeune femme accaparer son père, elle me testa et finit par m'accepter. Avec le temps nous sommes même devenues très proches.

Par la suite, il me présenta à ses parents, qui à ma grande surprise étaient tout l'opposé de leur fils (vieux jeu, ronchons, etc.). Ils prirent la mauvaise habitude de venir pour le goûter tous les dimanches et passaient leur temps à se disputer devant nous. Il est arrivé que des après-midis, après nous avoir prévenus de leur visite, nous nous cachions derrière la porte en nous marrant sans leur ouvrir, car on savait d'avance que ça se passerait mal entre eux.

Il y avait aussi sa cousine Françoise et ses enfants, une famille chaleureuse et accueillante chez qui nous avons passé de très bonnes soirées et fêtes familiales.

Pour ce qui est de ses amis, Laurent en avait une sacrée tripotée. Je vous livre une petite anecdote sympa, lors d'une visite chez l'un d'entre eux. Quand Christine me vit, elle demanda à Vanessa :

« Tu es venue avec ta copine ?

– Non ! répondit Laurent, c'est mon amie à moi ! »

Ce n'était pas la première fois que l'on nous faisait cette remarque vus nos dix-huit ans d'écart.

À l'occasion d'une promenade à Étretat, nous avions croisé Gilbert, le meilleur ami de Laurent. En me voyant, pour le vanner, il lui lança :

« Fais attention aux jeunes femmes et à ton compte en banque ! »

Sur le coup, cette remarque me vexa mais au fil du temps j'appris à le connaître, c'était un « gai luron ». Hélas quelques années plus tard, gravement malade, il a préféré mettre fin à ses jours.

De mon côté, ma famille et mes amis ont vite apprécié Laurent, excepté Anne bien sûr, qui, un soir où elle nous avait invités, ne put s'empêcher de lui dire :

« Tu sais, cela ne durera pas longtemps entre vous, Carole aime trop les hommes. » Cette remarque, elle l'avait déjà faite à Marc.

Laurent ne prêta aucune attention à ses propos. Il était le deuxième avec qui j'allais tenter ma chance de vie commune. Était-ce un crime de ne pas avoir trouvé l'homme de ma vie du premier coup ?

Au bout de seize années passées ensemble, elle s'est trompée dans son jugement. J'ai vécu et vis encore auprès de Laurent tout le bonheur que l'on puisse rêver. Bonheur qu'elle n'a jamais eu durant ses trente années passées avec Jacky.

Plus le temps passait, moins je voyais Anne, elle ne m'appelait et ne venait jamais chez moi. Que je lui rende visite ou pas, ça n'y changeait rien. L'avantage que cette femme ne se soucie guère de mon avenir est qu'elle ne vint jamais perturber ma vie privée. Et c'est ainsi qu'un an plus tard je rendis définitivement mon appartement pour vivre avec celui dont j'étais tombée éperdument amoureuse.

Nous avions déjà passé plus d'un an ensemble dans notre petit nid douillet quand je m'aperçus que mes règles tardaient à venir. Je pris rendez-vous pour faire une analyse de sang. Un mardi avant d'aller à ma leçon de conduite, je décidais de récupérer mes résultats au laboratoire. Impatiente de savoir, j'ouvris la lettre à peine sortie et je lus : Positif, enceinte de quatre semaines. Mon cœur s'emballa, arrivée devant les jets d'eau de l'Hôtel de ville, je ne pouvais plus contenir ma joie, profitant du bruit je me laissais aller à crier : « J'attends un bébé ! »

À cet instant, je fus l'être le plus heureux de la terre entière, il n'y avait rien de plus beau pour moi que de porter le fruit de notre amour.

Bien sûr je séchais ma leçon de conduite et m'empressais de reprendre le bus afin d'annoncer la nouvelle à Anne. Arrivée devant chez elle, je frappais à la porte tout excitée. Elle ouvrit et je lui dis :

« J'attends un bébé ». Je voulais rajouter : « Tu vas être grand-mère ! », quand elle me coupa et dit simplement :

« C'est bien ! »

Ne voyant aucune expression de joie de sa part, je restais bouche bée. J'aurais aimé qu'elle me prenne dans ses bras et qu'elle me glisse à l'oreille : je suis heureuse pour toi et puis je vais être grand-mère. Eh non, rien de tout cela ! Vu sa réaction à mon égard et à celui de mon futur bébé, je prétextais qu'il fallait vite que je rentre, pour ne pas lui montrer ma déception. À mon retour à la maison, je pleurais de joie mais j'étais peinée qu'Anne ne soit pas heureuse d'être grand-mère. Je me rendais compte une fois de plus qu'elle ne m'aimerait jamais.

Je regrettais de l'avoir prévenue en premier car Laurent étant sur un chantier, je ne pouvais le joindre que le soir. J'avais besoin d'en parler à quelqu'un. Quand il m'appela vers dix-neuf heures, je lui annonçai la nouvelle, il fut très heureux bien qu'il m'ait dit auparavant qu'il souhaitait attendre un peu pour avoir un enfant. Mais le bonheur d'être papa une fois de plus le comblait de joie quand même.

Plus le temps passait, plus j'étais fière de mon ventre qui s'arrondissait. J'adorais être enceinte et j'étais prête à recommencer. À ma première échographie, j'appris que c'était un garçon, ce dont je rêvais depuis toujours. La peur me hantait d'attendre une fille, aurais-je pu lui apporter l'amour que je n'avais pas eu de mes deux mamans ? Aurais-je été méchante avec elle ? L'aurais-je aimée, tout simplement ? Mais l'instinct maternel, on l'a ou on ne l'a pas, j'en aurais la preuve plus tard.

Un après-midi, alors que je faisais des achats en ville pour mon futur bébé, je croisais par hasard ma petite sœur Christelle, qui se promenait. À partir de ce jour, nous nous revîmes régulièrement, elle, Sandrine, Dominique et moi, après huit ans sans nouvelles les unes des autres. Nous avions beaucoup de choses à nous raconter et décidions de retrouver ma sœur Karine, que je ne connaissais pas, afin de réunir la fratrie au moins une fois.

Neuf mois passèrent sans problème, jusqu'au soir où je perdis les eaux. Laurent et Vanessa m'emmenèrent à l'hôpital.

Contrairement à ma grossesse, mon accouchement se passa très mal. Premièrement, j'eu le droit à une césarienne d'urgence et deuxièmement, j'étais à quarante-deux semaines d'aménorrhée et mon liquide amniotique était périmé. On dut transférer mon bébé Alexandre en néonatalogie car il en avait avalé. Il y resta sept jours, moi je déprimais de ne pas être avec mon petit bout et ma césarienne me faisait souffrir.

Côté maison, afin que notre retour soit le moins fatiguant possible, Laurent avait pris soin de tout préparer. Il était un papa merveilleux, attentif. Il m'aida du mieux qu'il put. Le temps s'écoulait et mon petit trésor grandissait et s'épanouissait, entouré d'amour.

Après un an de congés sans solde, je repris le travail à la crèche. Alex avait quatorze mois. Tout se passait bien. Alex, petit garçon brun aux yeux verts, était calme et souriant. Dès que son regard croisait le mien, je pensais que toute ma vie je l'aimerais et que je serais toujours là quand il aurait besoin de moi. Comment peut-on ne pas aimer son enfant ?

Quant à Vanessa, elle adorait son petit frère et s'en occupait très bien lors de ses visites du week-end. De plus, comme elle allait bientôt rentrer au lycée au Havre et que sa mère habitait Gainneville, elle vint vivre avec nous.

Nous étions désormais quatre à la maison et la vie suivait son cours. Alex était à ce moment scolarisé à l'école St Michel du Havre. L'environnement du Mont Gaillard n'y étant pas très sain et sécurisant, je souhaitais qu'il soit scolarisé ailleurs. Et il nous fallait maintenant penser à déménager car l'appartement devenait trop petit. Nous décidâmes de chercher une maison, et après plusieurs visites, nous tombâmes sous le charme d'une vieille demeure avec jardin à Montivilliers.

Dès la rentrée de septembre 1995, c'était décidé, Alex irait en deuxième année de maternelle là-bas. Quant à nous, nous avions du pain sur la planche. Nous commencions les travaux et il faut dire que Laurent ne gardait que les murs porteurs car la maison était vraiment très ancienne. Je faisais la route tous les jours pour conduire Alex du Mont Gaillard à l'école de Montivilliers, le matin et le soir. Étant donné l'importance des travaux, ces petits trajets durèrent trois ans.

Début 1996, une joie de plus se profila à l'horizon, puisque j'étais une nouvelle fois enceinte et encore très heureuse de porter un bébé. A la crèche, une amie qui tirait les cartes me dit :

« Il y en a deux ! »

Je n'y croyais pas, mais au fond de moi, je rêvais d'avoir des jumeaux ou jumelles. Tout en gardant les pieds sur terre, je me rendis à grands pas passer ma première échographie. On n'y voyait qu'un seul sac ovulaire.

Arrivée à mon quatrième mois de grossesse, en quittant mon travail, une collègue me lança :

« Alors on va voir ces deux bébés, car je te trouve bien grosse !

– Non, arrêtez avec ça, je vais être très déçue s'il n'y en a qu'un ! », lui répondais-je.

Je me souviendrais toujours quand l'échographe me demanda de m'allonger et qu'au bout d'un moment, il me dit :

« C'est bizarre, la membrane inférieure bouge, oh, il y en a deux ! »

J'étais aux anges, je n'osais y croire, Dieu avait exaucé mon vœu. Quand le docteur m'annonça que deux petites filles se trouvaient superposées, pendant quelques secondes, j'eus peur, peur une fois de plus. Allais-je les aimer ? Heureusement, ce doute ridicule fut rapidement oublié. Bien sûr que je les aimerais, elles aussi toute ma vie.

Le soir, quand Laurent rentra, il eut du mal à réaliser, nous avions tellement blagué à ce sujet. Quand je lui montrais la cassette vidéo, il fut surpris et émerveillé de voir deux petites têtes identiques dans un même nid. C'était magnifique, nous allions vivre une expérience inoubliable.

Mais dès que je sus que ce seraient des filles, je commençais à faire d'horribles cauchemars. Ce n'est pas normal qu'à vingt-six ans, je me réveille en pleine nuit les yeux pleins de larmes. Anne était le personnage principal de ces mauvais rêves. J'étais privée de sortie avec mes amis, je devais faire le papier peint dans ma chambre.

Dans la journée, Laurent me demandait pourquoi je pleurais si souvent la nuit et cela le peinait quand je lui en racontais les raisons. Je décidais de consulter un psychiatre. Plus les visites passaient, plus j'étais mal, je pleurais à chaque fois. Le psy finit par me dire :

« Anne ne vous a jamais aimée, vous n'êtes pas son enfant, vous avez essayé de l'acheter si souvent, mais l'amour ne s'achète pas. Dans la vie, il y aura des gens qui ne vous aimeront pas et il faudra que vous fassiez avec. »

Cette réponse m'a profondément choquée et blessée, mais elle m'a faite grandir. Elle m'a réveillée car j'ai enfin compris que je cherchais désespérément un amour impossible et que je me faisais du mal. J'ai pleuré, pleuré à ne plus avoir de larmes à verser, mais j'ai compris, enfin !

À part ça, ma grossesse se déroula sans problème jusqu'à trente-six semaines, où il me fallut à nouveau une césarienne d'urgence. Malgré cette deuxième césarienne, j'avais le moral car par chance, même si mes deux petites filles étaient un peu prématurées, je les ai eues avec moi aussitôt. Deux petits bouts de chou de 2 kilos 400 et 2 kilos 600, mesurant 48 centimètres chacune.

Malheureusement, d'un autre côté Laurent, à ce moment-là, ne pouvait pas se permettre de quitter son chantier pour s'occuper d'Alex. Soit il nous nourrissait, soit il perdait son boulot. Bien qu'Alex souffrît de passer quelques temps chez le cousin de Laurent, je ne regretterais jamais son choix, préserver son emploi. Quant à Nicolas et sa femme ils ne voulurent jamais prendre Alex chez eux, même moyennant finances. Moi qui pensais qu'une vraie famille s'entraidait en toutes circonstances, je fus très déçue et au fond de moi je leur en veux encore.

Alex, quant à lui, pleurait beaucoup sa maman, même si la cousine de Laurent était très gentille. Au bout de six jours, je décidai de signer une décharge afin de sortir pour pouvoir m'occuper d'Alex.

Nous formions maintenant une famille de six personnes et malgré des premiers mois éprouvants nous restions très unis. Comme le changement a dû être radical pour mon petit garçon. Pendant cinq ans, j'étais sa maman à lui tout seul, puis d'un coup il devait me partager avec deux autres bébés. Deux petites jumelles réclament beaucoup d'attention, et pendant ce temps je ne pouvais plus profiter d'autant de moments de plaisir avec mon petit gars. J'essayais malgré tout de le réconforter et de jouer avec lui, le plus souvent possible, quand les bébés dormaient. Mais malgré cela, il se sentait un peu délaissé et je ne pouvais rien faire de plus, même si parfois il semblait triste et un peu jaloux.

Seuls le temps et les câlins l'ont aidé à accepter. Il devint un grand frère attentif et généreux vis à vis de ses deux sœurs. C'était merveilleux de les voir jouer ensemble et de le voir se faire mordiller le bout du nez par l'une d'entre elles.

Peu de temps après, Vanessa partit en Angleterre pour être fille au pair. Le bac en poche, elle voulait connaître autre chose que le chômage en France. Quant à moi, je pris trois ans de congé parental, puis par la suite démissionnais afin d'élever ma progéniture.

Bien sûr je ne voyais pas souvent Anne et Nicolas avait eu une petite fille après la naissance d'Alex. Je pense qu'elle seule fut considérée comme la petite fille à Mamie. Je l'ai bien ressenti lors de sa visite à la maternité, son attention n'était hélas pas la même vis-à-vis de ma petite famille. Mes enfants n'ont jamais eu et n'auront jamais la chance que j'ai eue petite de dormir chez les mamies, cousins et cousines. Quel dommage ! Mais l'important était que nous soyons heureux et que nous ayons assez d'amour pour combler ce vide affectif.

Pour mes vingt-huit ans, j'étais une femme épanouie et une maman comblée. Je ne pouvais espérer mieux que ce que la vie m'apportait et m'apporte encore aujourd'hui.

Le temps s'écoulait et les travaux de la maison avançaient à grande vitesse.

Un après midi, pendant que mes deux petits anges faisaient une sieste, j'aperçus dehors un jeune homme handicapé en fauteuil roulant. Il était là, seul, dans cette cité qui commençait à craindre. Alors inquiète, Je l'interpellais du haut de mon balcon :

« Vous êtes perdu, voulez-vous de l'aide ? »

Il se rapprocha et à l'aide d'un ordinateur posé sur une tablette devant lui, il me répondit :

« Non, je viens voir une dame qui travaille dans mon foyer. »

C'était étrange, il pouvait communiquer en tapant les lettres avec une tige collée sur une ceinture en cuir autour de sa tête. Nous avons fait connaissance et nous sommes restés trois heures à discuter. Il avait le même âge que moi, il aimait la vie et il était souriant. C'est bizarre, comme moi, il avait le cœur à rire alors que beaucoup de gens valides ne l'ont plus. Xavier, c'était son petit nom, m'a fait changer ; depuis que je le connais, je n'écoute plus autant mes petits bobos.

Si tous les gens consacraient un peu de temps à écouter les autres et à s'occuper de ceux qui en ont besoin, ce serait génial, parce que chaque petit geste a son importance. Mais peut-être que j'en demande un peu trop. Nous vivons dans un système dépourvu d'humanité, les gens ne prennent plus le temps de se parler, de se connaître, de rêver et de vivre l'instant présent. D'ailleurs c'est pour cela que j'aime être entourée et m'occuper d'enfants car eux vivent dans l'innocence et l'insouciance, ce monde-là est meilleur.

À partir de ce jour, il était devenu mon ami et on se voyait régulièrement. Mais comme j'allais déménager, ce serait maintenant moi qui lui rendrais visite au foyer car jusqu'à présent c'était lui qui venait nous voir au Mont Gaillard.

Cela faisait maintenant onze ans que Laurent et moi étions amoureux, heureux et l'épreuve de vie commune était acquise quand il me demanda :

« Veux-tu être ma femme ?

– Oh oui ! »

Nous appelâmes Vanessa en Angleterre pour lui annoncer la nouvelle. Elle fut ravie et demanda même si elle pouvait être le témoin de son père. J'étais enchantée de voir qu'elle prenait la nouvelle avec joie, et je l'en estimais davantage. Elle me faisait là un très beau cadeau. Et c'est ainsi que nous nous nous sommes mariés le 5 juin 1999 à seize heures à la mairie de Montivilliers, entourés de nos familles et amis. Nous avons tous ri quand madame le maire a dit :

« Il ne vous reste plus qu'à fonder une famille. »

« Trop tard c'est déjà fait ! », avons-nous tous pensé.

Quel bonheur pour moi aujourd'hui de porter le même nom que mes enfants et de celui que j'aime. Jamais Anne et Jacky n'ont voulu m'adopter. Pourtant je souhaitais porter leur nom. Je sais aujourd'hui que s'ils l'avaient fait, ils n'auraient plus touché d'argent de la DDASS et que c'était cela le plus important pour eux. Et les gens qui choisissent l'adoption, c'est pour donner de l'amour avant tout.

Six mois après notre mariage, Laurent ayant terminé les travaux du premier étage, nous pouvions emménager, même si tout n'était pas totalement fini. Il avait retapé de ses mains une bien jolie demeure où beaucoup de gens rêveraient d'habiter. Tous les week-ends, après sa semaine de travail à Paris, il consacrait tout son temps à nous construire ce nid douillet afin que nous puissions y vivre tous en harmonie.

Je me rappellerais toujours la première semaine où l'on commença à apporter des affaires à Montivilliers. Nous étions en novembre et dans notre gros camion vert tout abîmé nous embarquions nos trois chérubins, qui étaient très enthousiastes de participer aux nombreux voyages entre les deux domiciles.

Ce fut une grande joie pour eux, malgré leur jeune âge de nous aider dans les tâches. Il fallait voir leurs petits visages resplendissants de bonheur quand nous leur avons montré leur lit, dans chaque chambre. Laurent et moi avions une super organisation, pas d'emballage, que du rangement.

Le 26 novembre 1999, à midi, Laurent n'avait rien oublié pour que tout soit prêt en temps voulu. Nous pouvions commencer à vivre dans notre nouvelle maison et nous y prenions notre premier repas. Le lendemain, après leur première nuit, les enfants nous dirent au petit déjeuner :

« Merci, papa et maman pour cette belle maison. »

Je me souviens que j'avais la larme à l'œil et que Laurent aussi était très ému. Il pouvait être fier du bonheur qu'il nous offrait. Je ne connais pas d'autre homme capable de faire tout cela pour sa famille, faisant tout de ses mains.

Cela faisait à peine un mois que nous étions devenus des Montivillions, quand une tempête s'abattit sur notre ville, les pluies diluviennes ne nous laissant aucun répit. L'eau tombait violemment et nous ne pouvions rien faire pour arrêter ce déluge. Les rivières avoisinantes montaient de plus en plus et venaient gonfler la Lézarde, qui finit par sortir de son lit et inonder la ville.

Avec Laurent, nous mettions tous les meubles du rez-de-chaussée sur des agglos. La peur au ventre et le moral en baisse, nous attendions que la pluie cesse. Les enfants qui se trouvaient au premier commençaient à s'inquiéter. J'essayais de les rassurer de mon mieux, mais l'appréhension d'être inondé était plus forte. Je ne parvenais pas à dissimuler ma peur. Lorsque l'eau sale et nauséabonde atteignit la marche de l'entrée, une larme coula le long de ma joue. « Quand cela s'arrêtera-t-il ? », pensais-je. Nous entendions les sirènes des pompiers, car si dans notre rue nous avions vingt centimètres, la place de la ville était bien plus inondée, ainsi que certains magasins. Par chance le ciel s'éclaircit et la pluie finit par s'arrêter. Au bout de deux heures la rivière retourna dans son lit et laissa place au nettoyage. Nous l'avions échappé belle pour cette fois-ci ! Il est vrai que les anciens propriétaires nous avaient prévenu qu'en vingt ans à Montivilliers ils avaient essuyé trois inondations. Ce que nous ne savions pas encore, c'est que dans un futur proche elles seraient bien plus dévastatrices.

Après sept mois de calme et de bonheur, ce sont mes propres larmes qui allaient inonder mon cœur.

En juin 2000, j'apprenais par ma sœur Sandrine que si notre mère était dans la mouise, ce serait à nous, ses filles, de payer ses dettes. Je sentis monter l'adrénaline en moi et décidais de ne pas en rester là. Le lendemain, je fonçais au tribunal et là une gentille dame me reçut, répondit à mes questions et m'expliqua :

« Le jour où votre maman décède, on vous appellera et vous n'aurez qu'à refuser ses biens et ses dettes. »

Je n'étais pas vraiment convaincue, alors j'entrepris d'écrire au siège de l'Action Sociale à Rouen pour leur exposer mon cas. Surprise et ravie tellement la réponse fut rapide, à peine quatre jours : le 6 juin 2000, je reçus ce courrier dont la date restera à jamais gravée dans ma mémoire.

Je découvrais avec stupéfaction le compte-rendu d'une « requête aux fins de délégation de l'autorité parentale » émanant du Tribunal de Grande Instance du Havre.

Quel choc ! Au fur et à mesure que je lisais, j'entendais mes larmes tomber sur la table où j'étais accoudée, ma poitrine se serrait et ma haine vis-à-vis de ma maman grandissait à chaque mot. Cette lettre qui m'a meurtrie stipulait que :

- Madame Claudine X et son concubin n'étaient pas désireux de m'entretenir.

- Madame Claudine X ne prêtait aucun intérêt des plus modeste à ses filles.

La conclusion étant que l'éducation de ma petite personne ainsi que l'autorité parentale seraient déléguées au service d'Aide Sociale à l'Enfance.

Je ne lus qu'une fois cette horreur tellement elle m'avait fait mal, mais je dus la relire une seconde fois pour écrire ces quelques lignes.

Toute ma vie, je savais que j'étais une enfant abandonnée mais le lire, noir sur blanc, fut pour moi bien plus terrible. Comme je lui en veux encore et encore, jamais je ne lui pardonnerais, même si cela pouvait apaiser ma haine. Je ne le peux et personne ne me l'imposera, même pas Dieu.

Peut-être que si j'avais été heureuse dans mon enfance, aujourd'hui je lui aurais pardonné, mais ma rage contre elle est maintenant doublée, de la vie qu'elle m'a gâchée, sans inquiétude pour mon bien-être, là où je vivais loin d'elle. J'ai trop pleuré au début de ma vie. Aujourd'hui, je ne veux plus que mon bonheur soit entaché par le boulet qu'elle est et qu'elle restera à jamais.

Heureusement, pour oublier tous ces tracas, j'avais ma maison, où je vivais heureuse, entourée de ma petite famille, le noyau dur de notre amour familial. Mais mes nuits n'étaient pas aussi belles que mes jours.

Pendant l'été 2001, Anne avait ressurgie et je recommençais à faire des cauchemars. Dans ceux-ci j'étais privée de sortie avec mes enfants et mon mari, alors toute bête je leur disais de partir sans moi.

Comment à cet âge, pouvais-je avoir encore peur d'elle et continuer à lui obéir ?

Peu de temps après, en novembre 2001, bien décidée à stopper tout contact avec mes nourriciers, je leur envoyais une lettre expliquant :

« Pour mon confort moral et celui de mes enfants, je préfère rompre totalement mes soi-disant liens avec vous. »

Apparemment, ils le prirent bien car je n'eus jamais de réponse, peut-être était-ce ce qu'ils attendaient depuis longtemps. Enfin, grâce à moi et à d'autres, ils ont amassé beaucoup d'argent, leur permettant d'acquérir à l'heure actuelle des actions, deux grands appartements, une maison et j'en passe.

Aujourd'hui, je ne leur dois rien, je me suis construite toute seule. Je me les suis souvent représenté comme deux gros portefeuilles pleins à craquer et ma vraie mère comme le néant.

Ai-je le droit de les juger ainsi, au bout de tant d'années de souffrances morales et d'injustices ?

Quand je pense qu'Anne a touché quinze mille euros pour sa préretraite en récompense de ses bons et loyaux services, cela me fait sortir de mes gongs.

Et la médaille de la connerie, c'est pour quand ?

Enfin, après cette petite rupture dite « familiale », l'absence des grands-parents n'allait même pas se faire ressentir à Noël. Nous passions les fêtes tout simplement entre nous. Ce qui est fort dommage, c'est que les enfants n'auraient pas de cadeaux autres que les nôtres. Une vie sans papi et mamie, alors qu'ils sont toujours vivants, c'est un peu triste. Mes enfants se sentaient lésés par rapport à leurs copains mais ils étaient choyés et gâtés. Ne plus avoir ces rares petites joies pourrait les marquer par la suite. Mais comme on dit : « Mieux vaut être seul que mal accompagné. »

En cette nouvelle année 2002, Laurent entreprit des travaux de finition dans la maison. Nous décidions ensemble de la couleur du carrelage, de la peinture et de l'âtre qu'il réalisait à ce moment dans la cuisine.

Nous avions fait le choix cette année de ne toujours pas partir en vacances et d'en profiter pour refaire la toiture de la maison.

Enfin, juillet et août se passèrent sans soucis. L'été fut radieux, il nous apporta même la canicule. Nous ne partions pas en vacances, mais nous nous offrîmes le luxe d'installer une grande piscine dans le jardin où nous nous baignâmes chaque jour.

Mon vrai père

Septembre arriva avec une visite inattendue et surprenante : mon vrai papa.

J'avais trente-quatre ans quand je l'ai rencontré pour la première fois. Cela me faisait mal de lire à chaque fois sur les papiers « née de père inconnu ». J'avais toujours rêvé de savoir qui il était, comment il était physiquement. Ce jour était arrivé, enfin !

Il avait suffi d'un coup de téléphone de sa part à ma sœur Sandrine pour lui dire qu'il montait au Havre afin de faire ma connaissance si je le souhaitais. Sandrine, elle, était descendue à Aix-en-Provence pour les rencontrer, lui et sa famille. Il est arrivé chez moi ce vendredi 12 septembre 2003 et quand il a franchi le seuil de ma porte, je ne réalisais pas encore ce qui m'arrivait. C'était beau de voir celui qui vous avait conçu, même si je lui en voulais de nous avoir abandonnées. Le voir en chair et en os assouvissait ma soif de curiosité.

Il mangea avec nous, assis à côté de mon mari et en face de moi. Je le laissais parler, il avait tant de choses à nous raconter sur sa vie et ses péripéties que je n'ai même pas pu placer un mot. J'ai tout de même réussi à lui dire que je lui pardonnais un peu et il me répondit :

« J'avais le choix entre abandonner six enfants de mon premier mariage ou vous trois, alors j'ai choisi de partir loin avec ma famille légitime et d'oublier votre mère, même si je l'aimais encore. »

Pour quatre-vingts ans, je le trouvais encore bienveillant et entreprenant. Ce qui est drôle, c'est que nous avions de nombreux points communs comme : la tchatche, être bornés, têtus, obstinés, fonceurs et j'en passe.

Passé cet après-midi de discussion intense, il repartit vers seize heures en train car sa voiture l'avait lâché en arrivant au Havre. Cet homme était-il inconscient ? Je le pense. Il avait même raconté à sa femme au téléphone qu'il se trouvait au camping Les flots bleus, au Havre. Si elle était un tant soit peu maligne, elle avait dû vérifier et constater que ce lieu n'existait pas.

Ce vieil homme était bien drôle mais le point commun négatif avec notre mère fut qu'ils n'attachaient aucune importance aux conséquences de leurs actes et étaient incapables d'assumer leurs responsabilités vis-à-vis de ces trois petites filles, nées de leur amour. Alors si c'est ça de l'amour, ils ne méritent pas d'éloge. J'espère qu'ils se rendront compte un jour qu'ils n'ont réussi qu'à engendrer la haine d'une petite gamine.

Il a souvent essayé de reprendre contact avec nous, mais moi je n'éprouve toujours pas le besoin de le revoir.

Une nouvelle vie

La vie peut être belle, mais elle est si courte. Il faut vivre, il faut rêver, rire, penser et aimer. Je voudrais rester toute ma vie cette femme responsable qui a su garder son âme d'enfant, qui sait rire et s'amuser, comme eux, contrairement à un grand nombre d'adultes, qui se prennent trop au sérieux.

J'ai longtemps rêvé d'un papa et d'une maman qui s'aimeraient et qui chériraient leur progéniture. La roue tourne, c'est ce que je m'efforce de transmettre à mes enfants. Et j'espère que cette chaîne d'amour durera une éternité.

Quand j'étais petite, un jour de pluie, alors que je partais de chez moi parce que je m'étais encore faite disputer, je criais dans la rue :

« Quand je serai grande j'aurais plein de bébés et mon prince charmant m'aimera et sera gentil avec moi ! »

Il ne suffit pas de rêver, il faut le vouloir. Le bonheur, chacun d'entre nous le mérite, alors imposons-nous-le.

J'avais raison d'y croire car aujourd'hui c'est arrivé.

J'ai maintenant trois petits bouts de chou âgés de treize et huit ans. Je suis aussi heureuse d'être mamie à trente-cinq ans d'un petit trésor d'un an que Vanessa a eu avec son ami. J'ai ma petite famille et quelques vrais amis. Quel bonheur pour nous tous de communiquer sans préjugé, sans arrière-pensée, mais tout simplement en harmonie.

Que ma vie est devenue belle, comme j'aimerais que tant d'autres le soient aussi. On avait dit de moi que je ne serais rien plus tard, juste une enfant de la DDASS, mais détrompez-vous, même les pupilles de la nation, les orphelins, peuvent devenir des gens « bien comme il faut ».

Conclusion

Si chaque enfant naissait avec la certitude d'être aimé, choyé et protégé de tous dangers quels qu'ils soient, la terre ne serait peuplée que d'amour.

Donner la vie est ce qu'il y a de plus beau.

L'amour et la protection sont la transmission du bonheur, mais combien d'enfants ont cette chance ?

À chaque coin de la planète il existe, cachés, des enfants martyrs, dirigés par des êtres ignobles qui leur font subir tant d'injustices morales et physiques.

Beaucoup trop d'enfants malheureux échouent quant à leur devenir dans la vie active, car sans repère l'homme est perdu.

Le manque d'amour tue.

Si je pouvais parler à Dieu même un court instant, je lui demanderais de « refaire le monde ».

Bonne chance à tous les enfants du monde !

Édition : BoD - Books on Demand

Impression : BoD – Books on Demand,

Norderstedt, Allemagne

ISBN : 9782322394920

Dépôt légal : mai 2022